ふたりの世界の重なるところ

ジネヴラとジョルジョと友人たち

渡辺由利子

月曜社

シリーズ〈哲学への扉〉第一〇回配本

ふたりの世界の重なるところ　目次

第一章　ジネヴラ・ボンピアーニという人　9
第二章　ノッテテンポと『リンゴZ』　25
第三章　ジョルジョ・マンガネッリ、織物と電球と女たち　43
第四章　インゲボルク・バッハマンの臆病さ　61
第五章　場所の名前　81

第六章　エルサ・モランテ、半分不幸な人　103
第七章　作家、ホセ・ベルガミン　133
第八章　小説と詩の出会い　159

あとがき　188
参考文献　192

凡例

- イタリア語又は英語の作品を引用する場合は、原典から渡辺が訳しました。日本語訳がすでに存在しているものについても原典から訳しましたが、ページ番号は日本語訳の該当箇所のものを記載しました。
- イタリア語又は英語のいずれでもない言語の作品を引用する場合は、日本語訳があるものは日本語訳から引用し、日本語訳がない場合はイタリア語訳から重訳しました。
- 引用のあとに、引用元の文献タイトルを記載しています。外国語の文献からの引用の場合、渡辺が日本語に訳したタイトルを記載しています。
- 引用する際の転記は以下のとおりです。原文で強調のための斜体は、訳文では傍点を付しました。また、頭文字が大文字の言葉は訳文では〈 〉で、すべて大文字の言葉は《 》で括り、隔字体は《 》で括った上でゴシック体にしました。
- 各章末には、本文に書ききれなかった話題を付記しました。

ふたりの世界の重なるところ

第一章　ジネヴラ・ボンピアーニという人

その日、ラジオ番組のパーソナリティーを務めるキアラ・ヴァレリオは、いつもより緊張していたのかもしれない。なんだか変にまわりくどい尋ね方をしていたからだ。

「こう仮定しましょう。残念なことに、あなたは海を漂流することになってしまいました。でも抜け目のないあなたは、いくつかの物といっしょに無人島に流れ着きます。流れ着いた小さな鞄の中にまず入っているのは一冊の本です。なんの本でしょうか」

するとゲストは、少し乾いた、でも張りのあるしっかりした声でこのように答える。

「この質問にはいろんな無理があるわね。まず、私は自分が漂流してしまうことを知らなかったのだから、私が持ってる本は――もちろん本は持ってるでしょうけれど――ただそのとき偶然持っていたというだけだし、ともかくびしょぬれで読めなくなってるでしょうね。これがまず無理のある点。でもしょうがないわね。それはどうでもいいことよね、たとえ話なんだから。でもたとえを持ちだすのがそもそも無理なのよ。無人島に持っていく一冊の本とかひとつのなんとかというたとえで訊きたいのは、人生においてとても大事で、基本となる本、基本となる映画……とかいうことでしょ。つまり、すでに読んでいて、いい本だと知っていて、一生のあいだに何度も読み返すことができて、十日や二十日で嫌いにならないような本ということよね」

無人島に持っていきたい本は？　なんてよくある質問なのに、その質問の仕方からただそうとするなんて、ちょっと怖い。そして気難しそうな人。イタリアのラジオ番組「リゾラ・デゼルタ（無人島）」の冒頭で流れてきたこのやりとりを聴いていたわたしは、ジネヴラ・ボンピアーニという人にそんな印象を持った。

「無人島」は作家のキアラ・ヴァレリオがパーソナリティーを務める番組で、毎回キアラがゲストに、無人島に持っていきたい本、音楽、映画をひとつずつ尋ね、ゲストはそれに答えながら、自分の生い立ちやこれまでの仕事について語っていく。番組に招かれるのは、作家、音楽家、映画監督、キュレーター、翻訳家、マンガ家など。文化や芸術の分野で活躍する人たち、いわゆる文化人。

ジネヴラ・ボンピアーニもそんな文化人のひとりで、わたしはこの番組で彼女のことを知った。怖そうな印象を受けながらも興味を惹かれ、彼女のことを調べ、彼女の本を読み、今ここでこうして彼女について文章を書こうとしている。しかしいったい何を書くつもりなのだろう。

まずはわたしとイタリアの関係から始めたらよいかもしれない。

イタリアとの公式な関係は大学に始まった。英語以外の外国語を知りたいと、なんとなくイタリア語を選んで、この言語を勉強できる大学に入ったのだった。在学中に留学してイタリア中北部のリミニという街に一年間暮らし、帰国後進んだ日本の大学院ではイタリアの服飾史を学んだ。修士課程を終えて図書館に就職。最初に配属された外国資料課ではときどきイタリア語の本を目にすることはあったけれど、次に異動した部署では見学に来た中学生に図書館の仕事を紹介したり、図書館を撮影したいというテレビ局の人たちのロケハンに付き合ったり（こういう仕事も図書館にあるのです）、その次の異動先では日本の古い週刊誌を漁って記事を探したり、本の調べ方を電話で案内したり。こうしてイタリアとの縁は完全に切れ、そして今に至る。というわけではなく、就職してからも未練がましく毎年夏休みにはイタリアに出かけ、語学学校でレッスンを受け、イタリアの図書館を見てきてはそれを図書館関係の雑誌の記事にし、イタリアの図書館員が書いた本の邦訳が刊行されれば、その翻訳家に連絡して著者を紹介してもらいと、しぶとくイタリアとのつながりを保とうとしていた。でもその距離を縮めることはできず、今思えば、むこう（イタリア）はとっくにわたしのことに飽きているのに、気づかないふりをしてしつこく連絡をとりつづけていたようなものだったかもしれない。

けれどその距離感が、数年前から少しずつ変わってきた。同僚がイタリア語の勉強を始め、おすすめの教材を訊いてきたり、文法や発音についての質問をしてきたりするようになった。文法書はどれが一番よいか、音源付きで読解力を深められるような本はないか、人名でMariaはiにアクセントがあるのに、Marioはなぜaにアクセントがあるのか、などなど。ぜんぜんわからなかった（最後のものはまだ答えが見つかっていない）。

これらの質問に答えるべく、新しく出た文法書を比較したり、存在を忘れて埃だらけになっていたぶ厚い伊伊辞典を手もとに置いたり、現地の言語学会に問い合わせたりするようになると、なんだかイタリアに急接近したような感じがしたのだ。これまでは無理に仕事につなげようと図書館関係の情報ばかりを求めていたのがいけなかったのかもしれない。詳しい文法書に目を通し、新刊情報をこまめに調べ、文学賞の受賞作を取り寄せ、ラジオのニュースも聴くようになって、なんだか距離が縮まった。と、むこう（イタリア）はどうだか知らないが、少なくともわたしの方はそう感じるようになった。

もっとお近づきになろうと聴きはじめたのが、上述の「無人島」というラジオ番組だった。招かれる文化人たちの口にする語彙は、学生時代に文学・芸術関係の本ばかりを読んできたわたしには親しみやすいものであったし、過去の番組が保存されていていつでも視聴できるようになっているから、何度でも聴きなおせる。南北さまざまな地域の訛りだけでなく、流暢に会話するノンネイティブスピーカーのとりどりのイタリア語が流れてくることがあるのもまた愉しい。

過去の番組一覧を見ていたある日、二〇一七年一〇月の放送分にジネヴラ・ボンピアーニという名を見つけた。ひっかかるところがあり、その回を聴いてみると、冒頭のやりとりが流れてきたのだ。

ジネヴラ・ボンピアーニという名前の何にひっかかったのか。ボンピアーニといえば、イタリアで有名な文芸書・人文書の出版社の名前で、もしかしてこのジネヴラ・ボンピアーニという人物は、その出版社と何か関係があるのではないかと思ったのだ。すぐにその回の放送を聴いてみた。けれど期待に外れて名前について触れられることはなく、ただ、あの冒頭に始まる、相手を自分のペースに巻き込んでたじたじとさせるような話しぶりが緩むことなく続いて、その話しぶりに聴き入っているうちに番組は終わってしまった。終わってすぐに調べてみた。

やはり。

彼女は、出版社ボンピアーニの創業者ヴァレンティーノ・ボンピアーニの娘なのだ。創業十年目の一九三九年に生まれているから、番組の放送時で八十歳近いということになる。あの奔放というかマイペースというか、いささか強引な話ぶりは、有名な出版人の令嬢という生まれ、そして育ち、によるものなのか。

小説・評論を執筆するほか、英語・フランス語にも堪能らしく翻訳書もたくさん刊行している。それにシエナ大学で長年にわたり文学の教鞭を執ってきたようだ。さらには二〇〇二年、父親の死後十年目に、ジネヴラ自身もノッテテンポという名の出版社を立ち上げていることがわかった。

掘れば何かが見つかる予感があり、インターネット上のインタヴュー記事をいろいろ読んでいると、ある人物の名がたびたび口にされることに気がついた。

「ジョルジョ・アガンベンと『ペーザネルヴィ』シリーズを立ち上げたとき……」（『コッリエーレ・デッラ・セーラ』紙、二〇一九年八月四日付）。「このとき私は、ジョルジョ・アガンベン――パートナーで、のちに夫になるのですが――といっしょになんでもかんでもやらなくてはいけませんでした……」（同紙、二〇一五年一〇月二日付）。「『私たち』と言ったとき、それがいつも私とジョルジョ・アガンベンのことを指しているわけではありません。もちろん長いことパートナーだったので、いろんな場面に立ち会ってはいましたけれど」（『ラ・レプッブリカ』紙、二〇一六年一〇月一七日付）。

ジョルジョ・アガンベン。世界的に有名な哲学者である。ジネヴラ・ボンピアーニは、アガンベンのパートナーである（あった？）ようなのだ。

ここまで調べたことをまとめると、ジネヴラ・ボンピアーニはこんな人ということになる。父は人文科学分野で名高い出版社ボンピアーニの創業者、（かつての？）パートナーは世界的に有名な哲学者ジョルジョ・アガンベン。出版に携わるかたわら、大学で教鞭を執り、文芸書・哲学書の翻訳を行い、小説・評論を多数発表。なんとも華やかな人である。そのわりに日本ではまったく知られていないし、著作は一冊も邦訳されていない。

掘り出し物を見つけたような気分で、そのときの彼女の最新作『メーラ・ゼータ』という本を注文してみることにした。タイトルのメーラは「リンゴ」、ゼータはアルファベットの「Z」。つまり『リンゴZ』。奇妙なタイトルである。前情報から回顧録らしいということはわかった。

こうして届いた『リンゴZ』を読んだのが二〇一九年の夏のことである。どんな本だったかはひとまずおいて、話を同年の秋の終わりに飛ばそう。

定時に職場を出ると辺りはもう暗い。その足でジュンク堂書店池袋本店に寄り、哲学書のアガンベンのコーナーを見ていた。学生時代、来日したアガンベンの姿を大学構内で目にしたこともあり、好きなところだけつまみ食いするように哲学と付き合ってきたわたしの中では親しみを感じる数少ない哲学者のひとりではあった。でも、そういえば著作をちゃんと読んだことはなかったと、ジネヴラを通じていっそうの親しみを覚えるようになった哲学者の本が並ぶ棚を眺めていたのだ。

「初の回顧録」の文字に目が留まった。『書斎の自画像』というタイトルの本の帯だ。手にとり、ぱらぱらめくってみると……やはり。ジネヴラ・ボンピアーニの名がある。さらにはジネヴラの写真がいくつも掲載されているではないか。

アルベルト・モラヴィアたちとの海上パーティでの白い水着姿のジネヴラ（四〇頁）。ハイデガーのゼミナールのメンバーと並び、すらりとした長い脚を見せるジネヴラ（四四頁）。アガンベンの友人であり編集者のクラウディオ・ルガフィオーリといっしょに猫と戯れるジネヴラ（一八一頁）。

ジネヴラが、アガンベンをパートナーと言っていたのだから、アガンベンの自伝に彼女が登場するのは何らおかしなことではないのだが、ジネヴラが書いたものやジネヴラの発言ばかりを追っていたわたしは、別の目から見たジネヴラの存在に興奮した。

こうして『書斎の自画像』を読んだ。すると、夏に読んだ『リンゴZ』の文章が思い出された。それというのも、両著作にはいく人もの同じ人物、つまりふたりの共通の友人が登場し、ときに重なるような記述があるからだ。たとえば『書斎の自画像』にこんな記述がある。

コッペッレ広場四八番の書斎は、一九六七年にジョルジョ・マンガネッリから受け継いで三年にわたり使ったのだが、写真は一枚しか残っていない。

（『書斎の自画像』六五～六六頁）

あっ、と思って『リンゴZ』を開きなおせば、こんなふうに書いてある。

そのとき私たちは家を一軒、いや二軒探し求めていた。私たちというのはつまり私と、ジョルジョ・マンガネッリではない別のジョルジョ〔渡辺註：アガンベン〕だ。マンガネッリがコッペッレ広場の家を手放そうとしていたので、それをジョルジョが譲り受けた。

（『リンゴZ』六五～六六頁）

ジョルジョ・アガンベンは、作家のジョルジョ・マンガネッリからローマのアパートを譲り受けたらしい。そのことが『リンゴZ』にも『書斎の自画像』にもとりあげられている。このように記述が重なるところがあるから、アガンベンの著作を読みながら『リンゴZ』を思い出したのは当然であろう。そしてさらには、登場する人物や描かれる出来事が立体的に見えてくるような気がしてきた。

ところでこの立体感は何に由来するのだろうか。ふたりが同じ出来事をとりあげているというそのことだけから生じているのではないように思われる。複数の人物が同じ事件の証言を行う小説や映画があるが、それらに感じる立体感と通じるところがあるような気がする。このような小説や映画では、登場人物たちがさまざまな視点や切り口で同一の出来事を語るということがおもしろみなのであって、語りが一様だったら、きっとそこに立体感は生まれないのではないか。では今回の場合、ふたりの語り口に違いはあったのか。違いは、大いにあったのだ。

同じ人物や出来事をとりあげる場合でも、ふたりが注目する部分は異なっている。たとえばマンガネッリについてなら、アガンベンはその著作の名を挙げてマンガネッリの文学について思うことを語るのに、ジネヴラは作品名には一切触れず、待ち合わせに遅れたときの彼のいらいらした様子、電話口でのピリピリした緊張感のある会話など、日常の交流ばかりを明かすのだ。

それから本の構成もずいぶん違う。アガンベンは明瞭な章立てを選ばず、自分がこれまでに転々としてきた書斎の様子を思い出しながら、その机に置かれた手紙や本、壁にかかった写真を手がかりに、過去に対話を交わした人物たち（直接面識はなく、ただ作品を通じて対話した場合もある）について思いつくまま語っていく。それに対してジネヴラは、章をきっちり分けて、一章ごとに知己の一人物に焦点を合わせて語っていく。つまりアガンベンが自由気ままと見える書き方をしていくのに対して、ジネヴラはきっちり単調な構成をとっているのである。

同じ時代、同じ空間を過ごしたふたりが、同じものの違う側面を見て違うように書く。だからふたりの著作を往き来することで、ほんとうにその時間、その空間があった、というような気がしてきたのだろう。おおげさかもしれないけれど、両著作の重なったところを中心として、ふたりが生きた二〇世紀後半のイタリアの知的空間が立ち上がってくるように感じたのだ。

不思議なことに、こうして立ち上がってきた世界の中心にはなんとなく安定した親密さが感じられる。それは異なったふたりの語り口の中にどこか通じるところがあるからかもしれない。特に人と「出会う」ということについて。ふたりとも、たしかに出会った懐かしい人たちに対して、なぜか「出会いをつかみ損ねた」「出会うことができなかった」という表現を使うのである。

同じ時と空間を生きながら、違った書き方をし、しかしどこか通じ合うふたり。

でも、こうやってふたりの著作を往き来し、重なる部分に親密な中心を見るのは、あまりにロマンチックな読み方だろうか……。いや、両著作が、ジネヴラが立ち上げた出版社ノッテテンポから年を続けて刊行されたことを踏まえると（『リンゴZ』が二〇一六年、『書斎の自画像』の原著が二〇一七年)、まんざらわたしの好き勝手な読み方というわけではなく、むしろふたりの目論見どおり、ふたりのしかけた罠に気持ちよくひっかかってしまっただけなのかもしれない。

さて、ここで最初の問い、わたしがいったい何を書こうとしているのか、に戻る。

ジネヴラ・ボンピアーニという人物を知り、『リンゴZ』を読んだわたしは、彼女とその著作について誰かに話したくてたまらなくなった。ここまでにジネヴラ・ボンピアーニの経歴や人となりの一端を紹介したが、彼女についてもこの本についても、そしてこの本で回想されている人物たちについても、もっと話したいことがある。アガンベンの『書斎の自画像』を読んだ人には、「ジョルジョ・マンガネッリは実は気難しくてケチな人なんだよ」「インゲボルク・バッハマン宅での会食の雰囲気はね……」などと、『リンゴZ』で知ったことを、有名人のゴシップに興じるように、こっそり耳打ちしたい。

それからもうひとつ、両著作を往き来しながらあることが気になってきて、書きながら考えてみたいと思っている。それは、パートナーという存在にまつわることである。それぞれに著作を物し、思索を深めてきた人たちが、互いをパートナーとするとはどういうことなのか、どのように世界を共有するのか、あるいは共有せずに自分の世界を生きるのか。

　折しも、二〇二〇年の四月にイタリアで集められた署名の中にふたりの名前を見つけた。コロナ禍のイタリアで出された高齢者の外出禁止令に反対する文化人たちの名が連なる中に、哲学者マッシモ・カッチャーリや歴史家カルロ・ギンズブルグらとともに、ふたりの名前があったのだ。ふたりが文化人として過ごした時の長さ、そしてこの変動の年にも同じ場に名を連ねていることの妙に、感じ入った。

　これからその話したいことを少しずつ文字にしていこうと思うのだが、その間、アガンベンの『書斎の自画像』をつねにかたわらに置き、ふたりの回顧録の重なる部分を中心に書いていくことになるだろう。だからここで書くことは、アガンベンの『書斎の自画像』をより愉しむための読書ガイドにもなるかもしれない。

　『リンゴZ』という奇妙なタイトルの由来もそういえばまだ明かしていない。次章ではこの本についてもう少し詳しく紹介しよう。そして『リンゴZ』と『書斎の自画像』のあいだをふらふら往ったり来たりしながら、ふたりの共通の友人を紹介し、ふたりの世界の重なるところを見ていきたい。

付記

＊ジネヴラの著書『メーラ・ゼータ』のタイトルをどのように日本語訳するかについては少々悩んだ。本文中に記したとおり、メーラは「リンゴ」、ゼータはアルファベットの「Ｚ」を意味する。この語の組み合わせが何を意味するかは次章で詳しく説明するが、少し前触れするとAppleの製品に由来したものであって、だからタイトルを「アップルＺ」や「Apple Z」と表記することも考えた。しかしジネヴラはAppleという固有名詞ではなく、メーラという一般名詞を使用していることから、「リンゴＺ」とすることにした。

＊ラジオ番組「無人島」のジネヴラ・ボンピアーニの登場回は以下のサイトから聴くことができる。Ginevra Bompiani, 22 Otto 2017, L'isola deserta, Rai radio 3: https://www.raiplaysound.it/audio/2017/10/Ginevra-Bompiani-Lisola-deserta-del-22102017-ab702220-2650-4e2a-bb5d-896f504e459f.html (last access on 2022.9.29).

番組のパーソナリティーのキアラ・ヴァレリオが、ジネヴラの尊大ともいえる応答に気分を害しているのではないか、とわたしは番組を聴きながらハラハラしていたのだが、ふたりはもとからの知り合いであることがのちに判明した。ジネヴラが立ち上げた出版社ノッテテンポで、キアラは物語のシリーズの編集に携わっているのだ。むしろジネヴラがどういう人物かよくわかっているからこそ、質問の仕方にいつもより慎重になってしまい、それが、冒頭に記したわたしの違和感につながったのかもしれない。キアラ・ヴァレリオ自身は小説家であり、かつ文芸誌の編集委員やラジオのパーソナリティーを務め、テレビ番組にもしばしば登場し、翻訳も行うという多彩な人物である。二〇一九年に日本で刊行された関口英子ほか編『どこか、安心できる場所で』(国書刊行会、二〇一九年)に短篇「あなたとわたし、一緒の三時間」(粒良麻央訳)が収録されている。

ところで、このラジオ番組で、ジネヴラが無人島に持っていくものとして挙げた本、音楽、映画は次のとおり。

本:『イリアス』『オデュッセイア』。ただし、ほんとうに必要な本はサバイバルマニュアルのはず、とのこと。

音楽:交響曲以外のモーツァルトの作品。ピアノ協奏曲第二一番など。

映画:映画監督のオットー・プレミンジャーを連れていき、作品をたくさん撮ってもらう、とのこと(映画監督を連れていくとは、さすが)。

第二章　ノッテンポと『リンゴZ』

青い空を背景に、しぶきを散らしながら崩れかかる大きな波。その写真にかぶさるように左上に黒字で著者名とタイトル、左下に白抜きでシリーズ名と出版社名、そして横たわり肘をついて頭を支えている人の姿のロゴマーク……。横たわっている人の姿？

前章では、ジネヴラ・ボンピアーニという人について紹介し、彼女の著作『リンゴZ』とジョルジョ・アガンベンの『書斎の自画像』のつながりに触れた。ここでは『リンゴZ』という本についてもう少し詳しいことを書きたいと思う。この奇妙なタイトルについても説明が必要だろう。でもその前に……。『リンゴZ』の表紙を改めてじっくり見ていたわたしは、この本を刊行したノッテンポ社のロゴマークが、横たわっている人の姿であることに気がついた。ひざ丈のズボンをはき、つばのついた帽子をかぶった男の人が横たわって肘をついている。うとうと、という擬態語がぴったりの人の姿。これはいったいなんなのだ。そもそもノッテテンポ（夜に）という社名も変わっている。そういえばフランスにミニュイ（深夜）という名の出版社があるけれど、何か関係があるのだろうか。気になるので少し寄り道しよう。

「紙の手触りがよくて、文字が大きいからめがねをあわてて取りにいく必要はない。本体は軽くて、余白が広い。こんなふうに作られた本はここちよい物となり、読者の要求に応える。こんなときに本の存在を思い出してほしい。ベッドにいるとき（眠いとき、ゴロゴロしたいとき、気分がすぐれないとき）、旅行中、待ち時間に……」。ノッテテンポ社のウェブサイトに掲載されている会社紹介文である。作りたい本の形態から会社を紹介するというのがおもしろい。ただ、社名の由来ははっきりとせず、あくまで推測にすぎないが、夜、ベッドでゴロゴロしながら読めるような気持ちのよい本、そんな本を作りたいという想いをもとに社名をノッテテンポ（夜に）としたのだろう。

と結論づけようとしたところで、念のために出版社に問い合わせたが返事はなく、それではとボローニャの公立図書館サラボルサ（イタリアでもっとも評判のよい図書館）にレファレンスを依頼したら、すぐに答えがあった。「ノッテテンポという名の由来は、一九六〇年代の出来事に求められます。当時、映画監督ミケランジェロ・アントニオーニが、『夜』という映画のワンシーンをミラノのボンピアーニ社で撮影したのです。ずいぶん昔のこの出来事に着想を得て、新しい出版社に『夜に』という名前が付けられました」。

情報源が示されない回答だったため再度問い合わせると、すでにわたしが目を通していた雑誌記事が示された。そこには確かに一九六〇年代のボンピアーニ社でアントニオーニが『夜』を撮影し、ウンベルト・エーコやジャンヌ・モローらに交じって若き日のジネヴラ・ボンピアーニがちらりと姿を見せると記されている。でもジネヴラがその映画のタイトルを副詞化して出版社名としたとは書かれていない（『ヴェンティクワットロ』誌、二〇〇四年一一月六日付）。図書館で働く身としては典拠不十分で気持ち悪いのだが、とりあえず得た回答としてここに記しておく。

ロゴマークのうとうとしている男の人が何者かということについてもはっきりとしないのだが、イエスの誕生を夢見た羊飼いのベニーノであるという情報がいくつかのウェブサイトに見つかった。プレゼーピオ（キリスト降誕の場面を描いた模型）の登場人物のひとりだそうである。

まとめると、おそらくアントニオーニの映画『夜』に着想を得つつ、夜に、羊飼いのベニーノのようにうとうとしているときに読みたくなるようなここちよい本を作りたい、という想いから付けられた社名とロゴマークであるとすればよさそうだ。

ところで冒頭に触れた「深夜」という意味を持つフランスのミニュイ社の名の由来だが、そちらはミニュイ社の創設者ヴェルコールが回顧録に書き残していた。戦時下のパリで、自由な言論を守るために出版社を立ち上げようとしたヴェルコールが、社名をどうするかあれこれ思案しているときに「ミニュイ（深夜）」という語を含む本のタイトルをいくつか思い出して、そこから社名に採用したということだ。地下出版の活動は夜中にこっそりと行われることからの連想だろうと思われる。ノッテテンポ社とミュニュイ社の名には何か関係があるかもしれないという推測は大外れだった。

寄り道ついでにノッテテンポ社についてもう少し話そう。ジネヴラ・ボンピアーニ自身が二〇〇二年に立ち上げた出版社であることに前章で触れたが、共同設立者がいる。ロベルタ・エイナウディである。名前に「おや」と思う人がいるかもしれない。そう、イタリアでおそらくもっとも有名であろう出版社エイナウディを創業した、ジュリオ・エイナウディの姪である。前章で、ジネヴラ・ボンピアーニの父が出版社ボンピアーニの創業者であると書いた。つまりノッテテンポ社は、名門出版社の家系のサラブレッドたちによって創業されたということになる。

しかしことはただ華やかな創業譚ではすまされない。というのも、ノッテテンポ社創業の二〇〇二年、ボンピアーニ社もエイナウディ社ももはや独立した会社としては存在していなかったのである。前者はRCSグループ、後者はモンダドーリ・グループに吸収されていた。つまり、独立を維持できなかったかつての名門出版社の血縁ふたりが組んで、新たに出版社を立ち上げたということになる。このことをどう受け止めたらよいのだろう。

ジネヴラ・ボンピアーニがボンピアーニ社の売却を苦々しく思っていることはさまざまなインタヴューから伝わってくる。現在のイタリアの出版界の状況、つまり大きな出版グループの中に老舗の出版社の名前だけが残っているという状況について、たびたび批判的な発言を行っている。そんなジネヴラは、ノッテテンポ社の仕事についてこのように語る。「私たちは抵抗者なのです。読みやすさを追求します。読みやすさというのは、容易さや通俗化と同義ではありません。私たちはアガンベンのとても重要な本を出版していますが、それだって読みやすいんですよ！　それにデリダ、ナンシー、スタイナーの本も、みんな同じように作っています」（同上）。

見かけの難しさを取払うことに心を尽くし、まずは本を手にとってもらう。とはいえ中身で媚びることはしない。それが今の時代の抗い方。このようなジネヴラの発言に触れたわたしは、寝転んで読める本を作ろうとするノッテテンポ社と、戦時下のパリでレジスタンス文学を支えていたミニュイ社とが、どこかでつながっているような気がしてきた。

寄り道が長くなりすぎたが、最後にノッテテンポ社とジネヴラの関わりについて少しだけ加えると、二〇一六年、ジネヴラは社の代表の座を後任に譲るも社に籍は残し、シリーズ「ルーチェ・メディテラーネア（地中海の光）」の編集に携わる。このシリーズからはこれまでに四作品が刊行されている。そのうちの三作品がアガンベンの著作で、『書斎の自画像』もここに含まれる。

さて、ジネヴラ・ボンピアーニの『リンゴZ』の話をしよう。社の思想どおり、文字は大きく、書き込みしやすそうな広い余白の、薄くて軽い本である。そういえばわたしは、この本を機上で読んだのだった。わざわざイタリアから日本に取り寄せたのに、夏休みのイタリア旅行のお供を選ぶ段で、これがいい、と手荷物の鞄に入れたのである。文字が大きいし、軽いし……。

ロゴマーク以上に奇妙なのは、表紙の波の写真だ。メーラ（リンゴ）という文字と波の写真の組み合わせは異様で、メッセージが何も伝わってこない。その異様な表紙と、表題紙を含む数ページをめくると「波」の見出しがあり、本文が始まる。

この惑星の一角を破壊した大きな波。その波が恐ろしい大きさで岸に迫ってくるとき、人々はただ呆然と立ち尽くすばかりだったようだ。逃げるための貴重な時間が失われてしまうというのに。

（『リンゴZ』九頁）

前情報では回顧録ということだったはずだ。なぜ波の話が始まるのだろう。続きを読んでいくと、この本のタイトル『リンゴZ』に関係する記述にぶつかる。

そしてもう岸から数歩というところに波が迫り、もはや逃げ道がなくなっても、キーボードでリンゴとZのキーを押して元に戻ることはできない。

（同上）

「リンゴとZのキー」とあるから、どちらもパソコンのキーのことのようである。Zはよいとして、リンゴがなぜキーなのか。

調べてわかった。アップル社のロゴマーク、リンゴである。アップル社のキーボードのコマンドキーには、かつてリンゴのロゴマークが描かれていたそうだ。だからリンゴのキーとはコマンドキーのことを指す。つまり、リンゴZ＝コマンド＋Z。コマンド＋Zのショートカットキーには、直前の作業を取り消す機能がある。文章を入力しているときにこのショートカットキーを押せば、入力したばかりの文字を消すことができる。押しつづければ、入力した文字を消し、移動した文字を元の位置に戻し、削除した文字をよみがえらせ、入力した文字を消し……。そうして最後には白紙に戻る。でもそれはパソコンの中でのこと。波が目の前に迫っていたとしても、ショートカットキーを押して、海に行く前の状態に戻ることはできない。続く文章はこうだ。

　とはいえもしそれが可能だったとして、つまりもし人生がこのキーボードそのものでときにそう感じるように）、リンゴとZを押せばほんとうに一歩戻ることができるとしたら、あなたはどこまで戻るだろうか。

（同上）

波はわたしたちを不意に襲う。もしこのショートカットキーが人生に対しても働くものだったとして、この機能を使ってひとつひとつの行動や出来事を取り消すことができれば、波が襲ってくる前に戻ることができる。つまり、過去にさかのぼることができる。ジネヴラは、過去を振り返ること、人生を回顧する、回想するという行為を、リンゴとZのショートカットキーを押すことになぞらえて、このタイトルを付けたのである。そこには、人生をやり直したいという思いも含まれているかもしれない。

これが「波」、プロローグにあたる章である。このあと、各章でひとりずつ人物にスポットをあてて過去を回想していく。

ジル・ドゥルーズ、インゲボルク・バッハマン、エルサ・モランテ。これら著作の邦訳もある有名な思想家・作家たちが登場する。そして、日本ではあまり知られていない作家のジョルジョ・マンガネッリ、アンナ・マリア・オルテーゼ、マリア・キアッペッリ、ホセ・ベルガミン、画家のピエロ・グッチョーネとソニア・アルヴァレス夫妻、ジョージ・オーウェルの妻ソニア・オーウェルも登場する。さらには仮名の画家、名のふせられた文筆家、それに名もなき難民の老女、病院の待合室で隣り合った男性も現れる。これら有名、無名の人たちとの出会い、そしてともに過ごした時間が一章ごとに語られる。ところどころに、カルヴィーノ、パゾリーニ、モラヴィア、オルダス・ハクスリー、それにアガンベンとのエピソードが挟まれる。

出版界に深い関わりを持つ人物の回顧録であるのだから、著名な人たちが登場するだろうともちろん期待していた。期待に違わず大物がたくさんだが、意外だったのは、虐殺を逃れ故郷をあとにした難民の女性、病院で少し言葉を交わしただけの男性との出会いにもそれぞれ一章ずつ割かれていることだった。

九〇年代の中ごろ、ジネヴラはユーゴスラビア紛争の難民に救援物資を届けるため、おそらく今のボスニア・ヘルツェゴヴィナと思われる地まで出向いた。食糧、運転手、車を新聞広告で募集し、借り物のバンに缶詰やビスケットを詰めこんで、応募してきた運転手といっしょに海を渡る。いくつもの関門（比喩的な意味ではなく）を経て、スレブレニツァの難民たちに物資を手渡すという目的を果たす。その長い道行きを現在形の淡々とした文章で語ったあと、終盤で、年老いたムスリムの女性との出会いを描写する。

周りから際立ったいそう優雅なひとりの老女が、急斜面を降りてくる。静まり返った一団に近づき、波乱に満ちた旅について語りはじめる。どのように孫とともに街から逃げてきたか、一万五千の男たちといっしょに銃殺されて穴に放りこまれた息子と夫をどのように置き去りにしてきたか、昼夜問わずどのように歩いてきたか。大荷物を抱えてここまで、女だけで。すべてを、私の知らない言語で、誰も通訳してくれない言語で話す。私の前に真っすぐに立ち、涙を流して語る。周りの一団は押し黙る。私は、知らない言語の中に神話が生まれるさまを目にする。

（同書二一九頁）

いったいどうして知らない言語で語られたことをジネヴラは理解できたのだろうか。身振りや、ジネヴラの知っている他言語から推測できたのだろうか。不思議な場面である。

別の章では、病院の待合室で隣り合った男性との出会いが三人称で語られる。以下の引用文中の「彼女」はジネヴラを指す。

彼女が中に通されると、背後で扉がかすかな音を立てて閉まった。促されるまま彼女が向かったのは、乱雑な死体安置所とでもいうような印象の部屋だった。あちこちに黒い担架が置かれているが、まだ白いシーツは敷かれていない。ただひとつ、彼女の分にだけシーツが敷かれている。言われたとおりその担架に乗って身を横たえると、緑色の検査着の上にもう一枚のシーツがかけられた。それから押されていった別の部屋は人間の包みが往き来する倉庫のようだった。

（同書九三頁）

こんなふうにして担架の上に横たわっていると、隣にやはり担架に乗せられた男性が運ばれてくる。誰でもいいから言葉を交わしたいという気持ちになっていた彼女が男に気分を尋ねる。

「穏やかで落ち着いた気分です」と答えてくれる。まるで彼女に道を示すかのように。

（同書九四頁）

難民の女性の話は「道程」と題された章から、病院の方は「身体」の章からの引用である。「道程」は二十一ページ、「身体」はたった三ページであり、その上前者は一人称、後者は三人称で書かれており、同じ作品中の文章とは思えないくらいの違いがある。この違いの理由については、この本についての著者のインタヴュー記事を後ほど読んで判明した。本書は、二〇〇五年から二〇一六年までにさまざまな媒体に発表した文章を集めて作ったものということだった。一冊の本にまとめるときに統一感を与えようとはしなかったのだろう、だから章によって書きぶりが異なったままとなっている。けれどここで注目したいのはその違いではなく、むしろ共通する点だ。このふたつの章の書きぶりには、ページ数や人称の違いを超えて通じるところがあるように思うのだ。

どちらの文章でも、劇的な場面に登場人物が配置され、今にも小説が始まりそうな気配を感じる。この特徴は、ここで回想されている対象が無名の人物だから現れたものというわけではない。著名人についても同じような語り口がとられているのである。たとえばドゥルーズについて。晩年のドゥルーズとパリの友人宅で会食した晩、別れ際の彼の様子がこんなふうに語られている。

彼が暇乞いをした。エレベーターまでつき添われ、そこで力尽きた。椅子にかけさせられた。私に残っているその晩の最後のイメージは踊場で椅子に座っている彼の後ろ姿である。呼吸を整えようとしていて、こちらには目をやらず、ただただエレベーターの方を見ている。

（同書七四頁）

章ごとの書きぶりの違いを超えて通じるもの、それを「小説への志向」と呼んでみたい。ジネヴラ・ボンピアーニが実際に小説を書いていることとどのような関係があるのかはわからない。けれど、回顧録である本書は小説に向かおうとしているように感じる。この志向は、アガンベンの『書斎の自画像』と比べてみるとよりはっきりとする。なぜなら、『書斎の自画像』には小説的な動きをまったく感じないからだ。それはアガンベンが哲学者であるからだろうか。いや、あるいはむしろ、彼が「詩への志向」を持っているからと言った方がいいかもしれない。

一九七六年五月、三十代半ばのアガンベンは、ハイデガーの訃報に触れて詩と決別することを決めた。以降、「詩的実践、すなわち哲学」を手放すことはない、とアガンベンは『書斎の自画像』の中で書いている（四三頁）。詩と決別しつつも、詩的実践を手放さないとはどういうことなのだろう。そして詩的実践が哲学であるとは……。

以前、現象学に興味を持ったときに薦められて読んだ、哲学者熊野純彦の『メルロ＝ポンティ――哲学者は詩人でありうるか？』という本を思い出した。著者は、「哲学者は詩人でありうるか」という問いに、以下のように答えていた。「詩のことばは瞬間をとどめ、現在を永遠なものとして語りだすことができるのである。哲学のことばはこれに対して、あくまで時間のなかで紡ぎだされるほかはない。〔中略〕哲学者は詩人であろうとして、しかし最終的には詩人そのものであることはできない」。

『書斎の自画像』のアガンベンは、手放したはずの詩へ回帰し、哲学の文体に挑戦しようとしているということなのだろうか。『書斎の自画像』では過去が回想されているはずなのに、なぜかそこに時間の流れを感じないことの秘密はここにあるのかもしれない。『書斎の自画像』の冒頭に置かれた「閾」という文章――原文ではイタリックで書かれ、本文とは明確に切り離されて存在している――も、その観点から読むことができるのだろうか……。いや、ここでこの問題に取り組むのは無謀だ。なにしろわたしはジネヴラの作品を通じてアガンベンの著作に出会ったばかりなのだから。ただ、詩と決別したと言いながらも、詩的なものは手放さない彼の文章には、たしかにジネヴラのものとは違った志向を感じたということだけを今は確認しておこう。

ジネヴラ・ボンピアーニの文章に戻れば、そこには、玄関で涙するインゲボルク・バッハマン、カフェの支払のために小銭をかき集めるソニア・オーウェル、別れ際にフラメンコのステップを踏むホセ・ベルガミンが現れ、ジネヴラが彼らと知り合いそして別れるまでが、それも多くの場合は死という別れまでが描かれる。過ぎゆく時間を強く感じる。
小説への志向と詩への志向。異なった志向を感じさせるふたりの回顧録だが、しかしそこには、重なる人たち、つまりジネヴラとアガンベンの共通の友人たちが現れる。ふたりの文体の違いは気になるけれど、それはさておき、次章からふたりの友人たちを紹介していきたい。寝転がって『リンゴZ』を読んでいこう。

付記

＊ノッテテンポ社のウェブサイトは二〇二一年一月にリニューアルされ、会社紹介文は変わってしまった。しかし、以下の独立系出版社協会のウェブサイトのノッテテンポの紹介ページにここで引用した文章が残っている。Associazione degli editori indipendenti: http://www.associazioneadei.it/nottetempo/ (last access on 2022.9.29).

＊作家であるジネヴラが出版社を起こしたということにわたしは驚いていたけれど、よくよく考えると、作家が出版社で働くということであればイタリアでは珍しいことではない。戦中から戦後にかけてのエイナウディ社でエリオ・ヴィットリーニ、チェーザレ・パヴェーゼ、イタロ・カルヴィーノ、ナタリア・ギンズブルグが働いていたことはよく知られている。エリオ・ヴィットリーニは、エ

イナウディ社の前、ボンピアーニ社に勤めていた。あるインタヴューでジネヴラが明かしたところによると、ボンピアーニ社の社長であるジネヴラの父は、ヴィットリーニのエイナウディ社への移籍に胸を痛めたそうだ（『コッリエーレ・デッラ・セーラ』紙、二〇一五年一〇月二日付）。また、ウンベルト・エーコがボンピアーニ社に所属していたこともあった。彼の博識に触れた若きジネヴラは、大学に行かずにボンピアーニ社で働くという計画を改めてパリの大学で学ぶことを決意したそうだ。無知のまま、こんな人の上に立つことなんてできない、と思ったらしい（『ラ・レプッブリカ』紙、二〇一二年一二月二三日付）。

作家が別の仕事にも携わるということであれば、翻訳のことも忘れてはいけない。ジネヴラが小説を書きながら翻訳にも携わっていることに前章で触れたが、作家と翻訳家の二足のわらじもイタリアでは珍しいことではない。たとえばモンターレによる『ビリー・バッド』、パヴェーゼによる『白鯨』などのメルヴィル作品の翻訳があるし、プルーストの『失われた時を求めて』の初めてのイタリア語訳はナタリア・ギンズブルグの手による（篇ごとに訳者が異なり、ナタリアは「スワン家のほうへ」の担当）。ナタリアはほかに、デュラス、フローベールの作品の翻訳も行っている。数年前、著名作家による翻訳がこんなにも多いということを知らなったわたしは、イタリアの書店で彼女による『ボヴァリー夫人』の翻訳本を見つけ、びっくりして購入したのだった。時代を下っても状況は同じで、プリーモ・レーヴィの『審判』（カフカ）、タブッキの『不安の書』（ペソア）、リザ・ギンズブルグの『恋の骨折り損』（シェイクスピア）、ミケーレ・マーリの『ハツカネズミと人間』（スタインベック）、キアラ・ヴァレリオの『フラッシュ』（ウルフ）など探しだせばきりがない。「ナポリの物語」シリーズが評判のエレナ・フェッランテも、素性は明かされていないが、ドイツ語の翻訳家であるらしいという噂が流れている。

むしろ専業の小説家はイタリアでは稀なのではないだろうか、と近頃思うようになった。こうやっていくつものわらじをはくイタリアの作家たちのあり方を、二〇世紀イタリアの短篇アンソロジーを編纂した米国育ちの小説家ジュンパ・ラヒリは、「ハイブリッド」という語で表現している（*Racconti italiani scelti e introdotti da Jhumpa Lahiri*, Milano, Guanda, 2019, p.19）。彼女もまたイタリア語の小説を英訳している。

第三章　ジョルジョ・マンガネッリ、織物と電球と女たち

『リンゴZ』には、小説家や画家など、文化の領域で活躍した人たちがたくさん登場する。一癖も二癖もあるこれらの人物たちとの思い出をジネヴラは語る。執筆のために薬物を摂取してイライラしている作家エルサ・モランテのそばで、彼女の集中力が高まるまでの時間を過ごしたこと。思いつきでヴェネツィアに住みたいと言い出した作家アンナ・マリア・オルテーゼのためにまじめに家を探してあげたこと。文章の書き方を教えてほしいというある画家のためにアドバイスをしてあげたら、ただたんに自分がすでに書いた文章を褒めてほしかっただけということがわかって困ってしまったこと。こんなエピソードに触れると、ジネヴラ・ボンピアーニという人は、実はとても面倒見がよく親切なのではないかという気がして

くる。怖い、気難しそう、というわたしが持った第一印象が揺らいでくる。

そんな中で、いくら面倒見がよくてもこんなにやっかいな人物とよくぞ付き合いを続けたものだ、と感心させられた章がある。ジョルジョ・マンガネッリとの思い出を語った章だ。ジネヴラは、十七歳年上の友人マンガネッリについて、こんなエピソードを明かす。


食事の待ち合わせは遅くてはならず、きっかり七時四五分。遅刻してはいけないと私はおびえていた。しかし厳密さが足りなかった。ある晩、息を切らして七時四六分に到着すると、彼がレストランの前を恐ろしい顔で往ったり来たりしていて、私を見るなりこう言った。「もう来ないものと思っていたよ」。

（『リンゴZ』六六頁）


うちに来る場合は、七時四五分に到着し、ただちにテーブルに案内されなければならない。席のわきには唐辛子を使った一品が用意され、食事までの時間を紛らし、彼に咀嚼する元気を与える。食事は肉料理をたっぷりと、ソースをふんだんにかけて。ワインはじゅうぶんな質のものを。九時になると彼は急いで階段を降りていき、帰宅後すぐ私に電話をかけてくる。

（同書六六〜六七頁）

ジネヴラとマンガネッリは、ある時期しばしば食事をともにしたようだ。しかしその食事はただ愉しい会というのではなく、厳格な決まりがあって、レストランで待ち合わせようが、家に招こうが、その時間はかならず午後七時四五分でないといけなかったらしい。もしこのしきたりをないがしろにすると、大変なことになる。ジネヴラはこう書く。

カルヴィーノがローマにやって来たときのこと。マンガネッリに会いたいから夕食会をセッティングしてほしいと頼んできた。私の人生には数々の後悔があるが、そのうちのひとつがこの頼みをすっぽかしたことだ。〔中略〕結局、チチータ・カルヴィーノ〔渡辺註：カルヴィーノの妻〕がひとりで決行した。ルイージ・マレルバ、アンナ・マレルバ夫妻といっしょにマンガネッリを招待したのだが、大惨事となってしまった。ほかの招待客よりずいぶん早くに現れたマンガネッリは、すぐに食事を求め、カルヴィーノ夫妻が唖然としつつも食事を供するとそれをひとりですませて、ほかの客がテーブルに着くのを待たずに帰ってしまったのだ。
（同書六八～六九頁）

きっと主催者のチチータさんは、会食を八時半くらいにセッティングしたのではないだろうか。イタリアの夕食の時間は日本と比べると遅く、レストランが開くのは、街にもよるがたいてい七時半くらいである。友人宅で夕食ともなればスタートが八時を過ぎることはざらだ。マレルバ夫妻は待ち合わせにおおらかで九時過ぎに現れたのかもしれない。マンガネッリだけがきっかり（と言ってもそれは約束の時間ではないのだけれど）七時四五分にカルヴィーノ宅に現れ、当然の権利のように食事を要求したのではないだろうか。想像すると笑ってしまう。

さてこのジョルジョ・マンガネッリ、イタリアの作家であるのだが、日本では短篇がひとつ訳されているだけで、わたし自身これまで彼の作品を読んだことはなかった。どんな人なんだろうと、本棚にあるジュンパ・ラヒリ編纂の『二〇世紀イタリア短篇アンソロジー』を開いてみれば、彼の作品はちゃんと収録されていた。このアンソロジー、英国生まれ米国育ちの、イタリアを愛する作家ラヒリが、周りからの推薦や自分の好みに従って作品を選び編んだもので、ラヒリ自身が収録作品の著者紹介文を書いている。マンガネッリについては、レジスタンス活動に参加したものの捕らえられ、銃殺の間際に釈放されたこと、前衛文学集団「六三年グループ」のメンバーだったこと、ヘンリー・ジェイムズの初期作品『信頼』をはじめ、T・S・エリオット、ポー、イェイツらの作品を翻訳し、いくつかの出版社で編集の仕事に携わり、ローマ大学で英文学を教え、短篇集『百個』でヴィアレッジョ賞を受賞したことなどが経歴としてまとめられている。また独占欲の強い母親との難しい関係から精神を患い、心理療法を受けていたことにも触れられている。

　ウンベルト・エーコらも参加した文学運動に関わり、大学での教授歴を持ち、英米文学の翻訳を行った上に自身の作品では文学賞を受賞。イタリアの文学史上重要な人物であると評価することができるだろう。アガンベンもマンガネッリと面識を持っていて、『書斎の自画像』の中で、マンガネッリからローマの家を譲り受けたことに触れている。しかしその引っ越しに関するジネヴラとアガンベンのそれぞれの記述を読み比べながら、わたしは文学史上の評価とはまったく関係のないマンガネッリのある側面が気になってしまった。アガンベンはこう書いている。

> 彼は、書斎に使っていた小部屋——わたしの書斎にもなった——のカーテンの上に、「マントヴァ風上飾り」と呼んでいたキルト状のおぞましい縞模様の織物をかけていたのだが、それを買い取るようにとわたしに求めてきた。それがなんともしつこかったことを

覚えている。

（『書斎の自画像』六八頁）

部屋を譲る際にマンガネッリは、書斎にあった織物を買い取ってほしいとアガンベンに言ってきたらしい。全体的に浮世離れしたアガンベンの回顧録にあって、ここだけやや世俗的なのがおかしい。まあでもそういうこともあるだろうと、最初は特にこの記述に気を留めたりはしなかった。けれどジネヴラの語る次のエピソードを読み返したときに、あれ、とひっかかったのだ。

マンガネッリがコッペッレ広場の家を手放そうとしていたので、それをジョルジョ〔渡辺註：アガンベン〕が譲り受けた。そのことがもとで無言の諍いが生じる。というのも、その当時マンガネッリは大学を辞してジャーナリズムの世界に飛び込んだところで、食うや食わずの日々を送っていた上にひどい不安に取りつかれていて、引っ越し先に電球まで持っていこうとコードを切断したからだ。ふたりのジョルジョ〔渡辺註：アガンベンとマンガネッリ〕は、互いを欠席裁判にかけるようにして私に向かってそれぞれ文句を言ってきた。

（『リンゴZ』六五～六六頁）

電球を持っていくのになぜコードまで切断してしまったのかわからないのだが、ともかく金銭面で苦労を抱えていたマンガネッリは、電球までも引っ越し先に持っていこうとした。この電球事件をきっかけにアガンベンとマンガネッリは不仲になり、ジネヴラが自宅にマンガネッリを招くときは、いっしょに暮らしていたアガンベンの方は外食することになったとジネヴラは書いている（当時アガンベンはマンガネッリから譲り受けた家で仕事をし、別の家でジネヴラと暮らしていたようである）。ジネヴラの語る電球事件に先ほどのアガンベンの記述を重ねて読めば、そこには、電球を与えなかった上に、マントヴァ風の織物を買い取るように求めてきたマンガネッリの姿が浮んでくる。ジネヴラとアガンベンの記述を往き来していたわたしは、マンガネッリの吝嗇ぶりが気になってしまったのだ。

マンガネッリのこの吝嗇ぶり、ジネヴラは転職によるものであるかのように書いているが、どうもこの時期に限定されたことではなさそうだ。というのも、マンガネッリと親しい間柄にあったある女性が、彼の死後、友人への手紙の中でこんなことを書いているのだ。「ジョルジョ〔渡辺註：マンガネッリ〕にとって、お金との付き合いはとても難しいものでした。私が主任教授に昇任したときには、ひどくまじめな口ぶりである話を持ちかけてきました。〔中略〕要は、給料が上がるのだから、彼の家で食事をするときの鶏肉とポテトのローストについては負担してもらいたいということでした」(『返事のない手紙』六八～六九頁)。文面からはいつもお金にうるさかったマンガネッリの様子がうかがえる。

ついついゴシップめいた話ばかりが目についてしまう。言い訳のようだけれど、そもそもジネヴラ自身が『リンゴZ』でこんな話ばかりを書いていて、彼女はその理由をこう説明している。「近しくなり親愛の情を抱くようになった人たちに対してはいつも、教養を穿鑿するよりも先にその人自身をよく知りたいと思ってきた。あるいは私にとって彼らの教養そして彼らの作品は、彼ら自身と一体となっていると言ってもいいかもしれない」(『リンゴZ』九〇～九一頁)。ジネヴラに倣ってマンガネッリの教養は穿鑿せずに、人物にまつわる逸話ばかりを書いてもいいかもしれない。けれど日本では短篇がひとつしか訳されていないこともあるし、作品のことも少し話そう。

アガンベンが「わたしがマンガネッリ――のちに彼の著作から離れようとはけっして思わなくなるのだが――と面識をもったとき、彼の著作は『ヒラロトラゴエディア』と『虚偽としての文学』だけだった」(『書斎の自画像』六六頁)と書いているように、マンガネッリの作家としてのデビューは遅く、一九六四年、四十歳を過ぎて刊行された『ヒラロトラゴエディア』が第一作である。わたしもこの奇妙なタイトルの作品を読んでみることにした。読みはじめてすぐにわかった。なぜこれまでマンガネッリ作品の邦訳が進まなかったのか、が。あまりに難解なのだ。

「人間は、降下的な性質を持っている」。冒頭でこんな前提がいきなり示される。そして「降下」という概念についての註（一ページ分）、「降りる」の意味を持つ動詞についての註（六ページ分）と続く。小説なのだろうか。著者本人による紹介文には、これは理論・実践マニュアルであるから、ワイン事典や花卉栽培マニュアルの隣に並べるのがよろしい、とある。降下的浮遊の愛好家のための死に関するマニュアルである、と。

「降下的浮遊の愛好家」と言われてもそれがいったいなんのことなのかわからないし、死に関するマニュアルと言われても終活や葬式のマニュアルのようには見えない。こんな見出しが並ぶのだ。「降下的弾道学」「アメーバについての註」「ドブネズミについての註」「仮説二についての註」「苦痛的なことの解説」。註ばかりでひどく使いづらそうなマニュアルである。そのあとに「苦痛概論」「別れについての関係資料」が続き、苦痛と別れがそれぞれ三分類される。そして黄泉の国とはどのようなところなのかの考察が始まり、黄泉の国に降りていったさまざまな人物のエピソードのようなものが並び、最後は黄泉の国にまつわる疑問についてひとつ仮説を立てようとするところで終わる（その間にも何ページにもわたる註がたくさん挟まれる）。とまとめると、淡々とこの本を読んだかのように思われるかもしれないが、とんでもない。知らない単語だらけで、いちいち辞書を調べて余白に書きつけていたら、余白が埋まってしまった。数えてみたら、一ページに三十個ほどもメモしていた。わたしのイタリア語への自信が打ち砕かれた。

タイトルも覚えづらい。ヒラロ（陽気な）とトラゴエディア（悲劇）というラテン語をつなげたもので、悲劇の登場人物などが滑稽に扱われる劇作品のジャンルのことを意味するらしい。刊行元の出版社アデルフィのサイトに「イタリア語という言語が近年でなしたもっとも冒険的なもののひとつ」と本書が紹介されているのを読んだときに、容易ならぬ読書体験になりそうな予感はしたのだった。アガンベンはマンガネッリについて「自分の言語という途切れることのない瞑想の中に、あらゆる夢想家と同じく幸せそうに没入していた。言語の脅迫をかわそうと苦心しながらも。〔中略〕言語を通して地獄を見た」（『書斎の自画像』六七頁）と語っている。なんと恐ろしい表現だろう、「言語を通して地獄を見」るとは。

けれど、この表現にマンガネッリ作品を理解する鍵がある。「言語」だ。「言語」とはあまりに大きすぎて、それが鍵であるなんてふつうだったら言うのが憚られる。でもマンガネッリに対してはこう言うほかないような気がする。アガンベンの言う「言語の脅迫」をわたしなりに解釈してみれば、この語の次にはこの語が続くという決まり、習慣の押しつけであり、それらを完全に無視すれば意味は伝わらなくなってしまう。マンガネッリはその脅迫をかわしながら、でもぎりぎりのところにとどまり、言語の限界に触れようとしたのではないだろうか。読み手は、この言葉が来ればあの言葉が続くだろうという予測を外され、読むことに苦心する。語彙のレベルだけでなく、文章レベルでもその操作がなされているため、物語や説明を読むのではなく、言語そのものを読むような読書を経験することになる。

本の構成も奇妙だし、ところどころに挟まれる註の長さにも驚いた。と同時に、『リンゴZ』に引用されていたマンガネッリの言葉を思い出した。ある晩、マンガネッリは友人たちに向かってこう語ったという。「書くということは、注釈を付けること、解釈を示すことなんだ」（七〇頁）。マンガネッリにはほかに『新注釈』という、注釈だけで構成された作品もある。

私生活では気難しくてケチ、文学では難解なマンガネッリ。最後にまたゴシップ的にひとつ意外な側面を紹介しよう。ジネヴラがこんなことを書いている。

　長電話は楽しく、ときに頭がくらくらした。彼しか知らないような言葉を使うからだ。そのうちのひとつについて、彼の死後ずいぶん時間をかけて調べてみたら、犬が見せる技の名称であることがわかった。相手の戦意を喪失させるために、敵の面前にあおむけに倒れて子犬のふりをするというものである。この技は人間もよく使う。特に女性に多い。生前の彼のさまざまな恋人たちに尋ねてみたけれど、誰もそんな言葉は覚えていなかった。

（『リンゴZ』六八頁）

犬がおなかを上にして寝転がるということ、それを意味する語が存在することにびっくりだが（という話を友だちにしたら、日本語では「へそ天」と言うと教えてくれた）、むしろ「生前の彼のさまざまな恋人たち」という表現の方にもっと驚いた。「恋人たち」と複数形になっているのだ。

先ほどの鶏肉とポテトのエピソードを手紙で明かした女性の話に戻ろう。彼女はヴィオラ・パペッティという名の英文学者である。六〇年代末にマンガネッリと出会い、一九九〇年の彼の死まで「恋人」としての関係を持ち続けていた人物である。そのパペッティに宛てたマンガネッリの手紙が集められ、ノッテテンポ社から『返事のない手紙』のタイトルで刊行されている。

その手紙からは、紳士的で機知に富むマンガネッリ、嫉妬に苦しむマンガネッリ、旅先で興奮しているマンガネッリなど、彼のさまざまな顔が見えてくる。あるときなどは、イギリスにいるパペッティの滞在先の住所がわからなかったために、パペッティの研修先、大英博物館の閲覧室を宛先に手紙を送った上に、同日、ローマの自宅にも一通送っていた。言葉を交わしたいという激しい思いが伝わってくる。

この書簡集の後半には、マンガネッリの死後、パペッティがパヴィア大学の教授マリア・コルティに宛てた手紙が収録されている。コルティは手稿を保存するセンターを創設した人物で、作家たちの素顔に興味があったのだろう、マンガネッリとの思い出を手紙に書くようパペッティ頼んだらしい。パペッティがコルティに送った手紙には、マンガネッリが生涯に関わりを持ったたくさんの女性たち（妻も含め）の名前が出てくる。ファウスタ、アルダ、エベ、ジョヴァンナ、アッティラ……。そしてそのかたわらにパペッティがいた。マンガネッリがパペッティに新しい恋愛を嬉々として語ることもあったし、彼にフラれた女性が自殺をしてやるとパペッティの家に現れたこともあったし、また別のフラれた女性とは、マンガネッリの葬式で会って友だちになったとも書かれている。

私生活では気難しくケチで、文学では難解。なのにたくさんの女性に愛された、という不思議なマンガネッリである。そういえばわたし自身もなぜかマンガネッリのことが気になって気になってしかたがなく、彼の文章を苦しみながらも読んで、彼のことを語りたくなってしまったのだ。なぜだろう。

一九六六年八月六日、四十三歳のマンガネッリが、初めてパペッティに送った手紙はこんなふうに始まっていた。

きみの手紙を受け取りました。うれしかったし、それにおおいに楽しみました。とても繊細で、機知に富んでいて、軽快で、意地悪でもあり、つまりとても知的な手紙だと思います。読みながら、きみは難しいアカデミックなテーマで文章を書くときにもこうやって書けるに違いないと思いました。僕が文章を何も書けなかったとき、立派な手紙の書き手であろうとしたことを思い出します。しばらくのあいだ、それなりに負担のある文章を書くときには、手紙を書く人の気持ちになるようにしていました。そうするとすぐにとてもうまく書けるようになったんだ。（『返事のない手紙』一三頁）

こんなに優しく魅力的な文章を書くこともできる人なのだ。ここまでの文章を書きあぐね続けてきたわたしは、この言葉にとても勇気づけられた。そうか、あの人に手紙を書くように書けばいいのだ、と。きっと若き日のパペッティもマンガネッリの言葉に心を動かされたことだろう。マンガネッリ自身の魅力を理解する鍵も「言語」にあるに違いない。そういえばジネヴラがマンガネッリにあてた章のタイトルは「言語」なのだった。

付記

＊マンガネッリ作品の唯一の邦訳「虚偽の王国」は以下に収録されている。竹山博英編訳『現代イタリア幻想短篇集（世界幻想文学大系41）』国書刊行会、一九八四年。

＊『ヒラロトラゴエディア』のタイトルの意味については以下を参照した。Mariarosa Bricchi, *Manganelli e la menzogna*, Novara, Interlinea, 2002, p.10.

ところで読みづらいこのタイトルをマンガネッリ自身がどのように発音していたかが気になり、マンガネッリのご息女リエッタ・マンガネッリさん（『書斎の自画像』に、剽窃を責めるガッダとマンガネッリのやりとりをアガンベンに語ってくれた人として登場する）と、マンガネッリの手稿を収集しているパヴィア大学のフェデリコ・フランクッチ教授に問い合わせた。すると、おふたりとも、自分はイタリア語ふうに「ヒラロトラジェディア」（トラジェディア tragedia は「悲劇」を意味するイタリア語）と発音しているし、そのように発音している人しか見たことがないということだった。マンガネッリと交流のあった人たちにも確認してくださったが、マンガネッリ本人もそのように発音していたようだった。

＊マンガネッリのパペッティ宛ての手紙が収録された『返事のない手紙』は、『リンゴZ』と同じくノッテテンポ社から刊行されている（Giorgio Manganelli e Viola Papetti, *Lettere senza risposta*, Roma, nottetempo, 2015）。この本の刊行経緯については、パペッティ自身が『返事のない手紙』の冒頭で書いている。もともとマンガネッリを通じて面識のあったパペッティとジネヴラが、マンガネッリの死後、薬局で偶然に再会した。話が盛り上がって、お肉屋さんに着くころにはこの本をつくることが決まっていたそうである。そして『リンゴZ』刊行の一年前、二〇一五年に刊行された。ここにはジネヴラの焦り、つまり自分自身の記憶も含め、大事な時代をとどめるための証言を集めて公表しておきたいという焦りのようなものがあるのだろうか。

＊カルヴィーノ宅でのパーティは大惨事に終わったようだが、文学を通じてのマンガネッリとカルヴィーノの交流は途切れずに続く。カルヴィーノの書簡集（Italo Calvino, *Lettere 1940–1985*, Milano, A. Mondadori, 2000）には、マンガネッリへの手紙がいくつか収められており、そこからカルヴィーノ

がマンガネッリ作品のよい読み手だったことがわかる。マンガネッリの『新注釈』という作品の原稿を読んだときには、素晴らしい作品に出会ったことの興奮と、複雑怪奇な構成をとるこの作品についての詳細な分析を手紙に綴っていた（一九六九年三月七日付）。マンガネッリはその手紙を自宅の『新注釈』のあいだに挟んでおいたらしい。『新注釈』が再刊されたときにはカルヴィーノのこの手紙も収録された（Giorgio Manganelli, *Nuovo commento*, Milano, Adelphi, 2009, p.149-153）。

また、マンガネッリの短篇集『チェントゥリア』を読んだパリ滞在中のカルヴィーノはこの作品を気に入り、フランスの出版社に「この本が高い質を備えていることだけではなく、翻訳可能である旨も伝えておいた」とマンガネッリに書き送っている（一九七九年三月二一日付）。翻訳可能であることをわざわざ伝えなくてはならない作家、というカルヴィーノのマンガネッリ評に、わたしは大いにうなずいた。しかしやはり翻訳には手間取ったのだろうか、刊行されたのは六年後、カルヴィーノの没年にあたる一九八五年となった。カルヴィーノの序文付きで出版されている（Giorgio Manganelli, *Centurie*, Mâcon, W, 1985）。

＊マンガネッリ作品の翻訳刊行には時間がかかるもののようだ。『ヒラロトラゴエディア』のフランス語訳は、なんと原書から半世紀以上が経った二〇一七年に刊行されている（Giorgio Manganelli, *Hilarotragoedia*, Bruxelles, Zones sensibles, 2017）。

日本でも、カルヴィーノが「翻訳可能」であると評する『チェントゥリア』の翻訳が進められていた形跡がある。一九九八年二月七日の『図書新聞』の記事に「翻訳が現在進行中とのこと」とあるのだ。その後どうなってしまったのだろうか……。

第四章　インゲボルク・バッハマンの臆病さ

たくさんのことを忘れてしまったけれど、その親密な愛情、少し世間知らずでおせっかいな、でも献身的なその愛情は忘れられない。私たちが住んでいる家の寒さを嘆くと、ストーブをあげるから明日取りにきなさい、と言われた。言われたとおり私たちは家へ行ったのだが、詰所から出てきた門番にエントランスで止められて、「本日はどなたとも面会されません」と告げられた。「いやいや、私たちのことは待ってるはずですから」と請け合って、中でベルを鳴らした。不安を覚えながら応答を待った。たしか二度目を鳴らすとドアが開き、取り乱した顔のインゲボルクが現れて小さな声で言った。「ごめんなさい。今日は帰ってちょうだい。友だちが自殺したの……」。

後に、パウル・ツェランは死なず、自殺は未遂に終わったことが判明した。

（『リンゴＺ』九二頁）

インゲボルク・バッハマン。一九二六年にオーストリアに生まれ、詩・小説で高い評価を受けた作家である。彼女はたびたびイタリアを訪れ、六〇年代半ばから長くローマに暮らしたとき、一回り以上も若いジネヴラ、アガンベンと親交を深めた。二十代のジネヴラとアガンベンにとっては、すでに社会的名声を得た作家との少し背伸びをした付き合いだったかもしれない。冒頭に引いた箇所でジネヴラは、アガンベンといっしょにインゲボルクの家までストーブをもらいに行こうとした日のことを語っている。

今回はバッハマンについて書こうと思う。思うのだが、気持ちがなかなか定まらない。彼女の著作、彼女の手紙、彼女の講演録、彼女が生きた時代に関する著作を読むと、一冊読むごとに気分が変わる。一冊読んでいるあいだでも気分が変わっていく。ロマンチックさに酔いしれたかと思えば、世界を呪いたくなり、しかしほんのりと明るい気持ちも芽生え……。そして今わたしは、静かに悲しい気持ちである。

ジネヴラとバッハマンの出会いから始めてみよう。ミラノ郊外のある邸で開かれたパーティでふたりは出会った。そのときのことをジネヴラはこう語る。

男友だちがひとりやって来て、私と、私の隣に座っていた若い女の人の手相を見ようと言う。私には洋々たる前途を約束し、隣の女性には、主婦になるでしょう、とかわいらしい未来を予言した。それからその女性と別れると、友だちがさっきの人は誰なのかと尋ねてきたので、「よく知らないけど」私は言った「インゲボルクという名前だったわよ」。「インゲボルク⁉」と彼はおかしいほどにおびえた。

こうして彼女と知り合い、それから六〇年代、熱に浮かされながらもどこか投げやりなあの長い季節のローマで再会した。

（同書八九頁）

この友だちの驚き方からすると、詩人としてのバッハマンの名声がすでに高まっていた五〇年代半ばのことだろうか。バッハマンは一九五三年から数年間イタリアに滞在しているから、そのときのことかもしれない。

一九五〇年、二十三歳にしてハイデガーについての論文で博士号を授与されたバッハマンは、アメリカ占領軍やラジオ放送局で働きながら詩を書き、雑誌などに発表していた。そして一九五三年、ドイツ語圏の文学賞、グルッペ四七賞を受賞し、同年に刊行されたデビュー詩集『猶予された時』で注目を集める。この年にオーストリアを離れ、以降はヨーロッパのさまざまな街に暮らしながら文筆活動を続ける。ジネヴラは、そんな暮らしを送るバッハマンと出会った。バッハマンはスイス人の劇作家とともに暮らしたことはあるが、生涯「主婦」と呼べるような立場に身を置いたことはない。よりによってインゲボルクの手相に主婦を見るとは、とジネヴラは苦笑しながらこの出会いを思い返しているのだろう。仮に、一九五五年の初夏、十五歳のジネヴラと二十八歳のバッハマンの出会いとしておこう。

その最初の出会いから約十年後、ジネヴラは、スイスやドイツでの暮らしを経て六〇年代のローマに戻ってきたバッハマンと再会する。この頃ジネヴラはアガンベンとすでに親しい間柄となっていて、バッハマン宅での会食にふたりはいっしょに招かれる。その会食について、ジネヴラとアガンベンがそれぞれの著作の中で触れている。アガンベンの記述はそっけなく「ボッカ・ディ・レオーネ通りにあったインゲボルクの家は、完全にウィーン風の内装で、わたしはここで一九六〇年代の末に、ゲルショム・ショーレムと面識を持った。〔中略〕彼の刺すような鋭敏さは、同じ場所でしばらくあとに出会ったアドルノの慇懃無礼な態度よりもずっと印象に残るものだった」（『書斎の自画像』六八頁）というもの。一方のジネヴラは、前章のマンガネッリのときと同じくついつい内幕を明かすようなことを加えずにはいられない。

彼女はボッカ・ディ・レオーネ通りのアパートメントの一階に住んでいて、家へ行くのに階段はほとんど上らずにすんだ。入ると玄関、そして居間があり、左手がダイニングルームだったことを覚えている。夕食に招待されたときにちらっと覗くことしかできなかったあのダイニングルーム。招待客は豪華だった。ゲルショム・ショーレム、テオドール・アドルノ……。そして私たち若者。最初は場の雰囲気に飲まれていたが、やがてそんなこともなくなった。熱くなりつつも落ち着いた声が交わされる中で夕べは過ぎ、私たちの方はだんだんとお腹が空いてきて、ご馳走が並ぶテーブルにちらちらと幾度も目をやった。けれど一度たりとも、ダイニングルームに入って料理をよそっていいと彼女は言ってくれなかった。私たちは精神的に満たされながらも、物質的には飢えた時間を幾夜も過ごすことになった。

（『リンゴZ』八九～九〇頁）

ふたりが招かれた会食は思想界の重鎮を主賓とし、若輩のジネヴラたちはダイニングルームに通されず、料理に手をつけることもできなかったらしい。こんな話だけを聞くと、人はバッハマンのことをずいぶん意地悪だと思うかもしれない。でもそれは違う。ジネヴラはバッハマンのこのようなふるまいを「ティミデッツァ（臆病さ）」という語を使って説明しようとしている。

どんなに臆病だったとしても、インゲボルクの臆病さにかなうものはなかった。というよりも、それは臆病以上の何かだった。当時の私にはそれが、人生というものに根本的に適合できないことの表れのように思われ、その後もずっとそう思ってきた。まるで、人生が私たちの存在とは質を異にする布で仕立てられているために、彼女はそれをどう纏えばいいのかわからないようだった。ある晩、私たちの家での夕食会に来ることになっていた。定刻から二時間過ぎても現れない。やがて一〇時半頃玄関のベルが鳴った。友だちに付き添われて泣いている彼女だった。家を見つけられなかったそうだ。その晩は彼女を慰めてお開きとなった。

（同書九〇頁）

迷子になってしまったのだろうか。住所を訊き忘れたのだろうか。ひとりでジネヴラたちの家にたどり着くことができず、友人に連れてきてもらったバッハマン。玄関口で涙するなんて、臆病というよりも情緒不安定ではないだろうか。続けてジネヴラは、遅刻どころではないエピソードも明かす。

海沿いの両親の家に思い切って彼女を招待したこともあった。ラ・スペツィアの駅で彼女を待った。列車を一本また一本とやり過ごし、とうとう諦めて家に戻ると電報が届いていた。こちらの暑さに立ち向かえそうもないということだった。（同書九〇頁）

約束を反故にするバッハマンの気持ちはわからなくもない。友だちと出かける約束をしたもののやっぱり億劫になるということは、わたしにもよくある。でもわたしだったらいまさら断れないとしぶしぶ出かけるだろうし、断るとしてもせめて体調不良を理由にすると思う。「暑さに立ち向かえそうもない」は「やっぱり行きたくなくなった」と言うも同じではないだろうか。臆病というよりも、大胆、という気がする。たしかに、ただの臆病な人であれば、ひとり外国の地で暮らさないだろうし、ユダヤ神秘主義の泰斗ショーレムを家に招いたりしないだろう。おせっかいにもストーブを取りにきなさいとは言わないだろうし、そしてやはり約束をすっぽかしたりしないだろう。だからこそジネヴラは、バッハマンの持つものをただの「臆病」ではなく、「臆病以上の何か」という言葉で説明しているのだと思う。しかしバッハマンのこのふるまいの奇妙さは、臆病以上のもの、臆病の先にあるものなのだろうか。

そんなことを思いながらわたしはバッハマンの著作を読んだ。詩集で一躍時の人となったバッハマンだが、その後散文を書きはじめ、一九六一年、三十代半ばで短篇集『三十歳』を刊行した。『リンゴZ』の中で作品名に触れることのめったにないジネヴラだが、この作品については珍しく名を挙げている。「イタリアで『三十歳』の翻訳が刊行されるまで、彼女の作品を読んだことはなかった。それでも、一瞬たりとも彼女の偉大さを疑うことはなかった」（同書九〇頁）と。

七つの短篇からなる『三十歳』。表題作では、二十九歳になったある男の一年間が一人称、三人称を交えて綴られる。就職試験に合格するも気持ちが落ち着かず、ウィーンでのそれまでの暮らしを捨てねばならないと思い込み、部屋を解約してローマに移住する。しかしローマに落ち着くこともできずにイタリアを南から北まで旅するうちにお金が尽きて、実家に無心しウィーンに帰るもまた飛び出しイタリアに戻る。イタリア国内を旅する最中、ミラノに向かおうとヒッチハイクした車が事故を起こす。運転手は即死、主人公は一命をとりとめ入院する。じょじょに体力を回復し、三十歳の誕生日を目前にしたある日、病室の鏡に映った自分の頭に一本の白髪を見つけ、老いていく自分にぎょっとする。しかし老いを受け入れ、同時に生きたいという欲求を覚えて自分への信頼を取り戻す。

あらすじだけを抜き出せば、モラトリアム状態の青年が、その期間を抜けて社会に出て生きていく力を得るまでの一年を追った話、ということになるだろう。わかりやすい話である。しかし、なぜかとても読みづらく、短篇であるのに何度も途中で読むのを断念しかけた。一文一文をとても遠いものに感じ、気がつくと、文章が頭に入ってきていないのにただページをめくっていた。どうしてなのだろう。冒頭から引用してみる。

人生で三十番目の年を迎えても、人々は彼を若者と見なし続けるだろう。しかし彼自身は、何か自分に変化を見いだすわけではないにせよ、確信が持てなくなってくる。自分には、もう若いと主張する資格はないような気がするのだ。そしてある朝、彼は目を覚ます。いつか忘れてしまうのだろう、ある一日。そんな日に、彼は突然、体を起こすことができないまま、横になっている。新しい日を過ごすためのあらゆる武器や勇気を奪われて、厳しい光線に晒されて。

（『三十歳』一一七頁）

大きな岩がどん、といきなり置かれたように感じる。多くの小説が持っている細部のようなものがなく、読んでいくときのとっかかりが見つけられない。とりつく島がない。こうしてみると、これまで読んだ小説の多くは、読者に手を差し伸べてくれて優しかったんだな、ということに気づかされる。冒頭だけではない。たとえば主人公の気質を説明するこの文章。

あらゆる被造物と同じく、彼も結論に到達しない。彼は、どこにでもいる人のような生き方はしたくないが、特別な人間のように生きることも望まない。時代とともに生きていきたいが、時代に逆らいたい。昔ながらの気楽さ、昔ながらの美を讃えること、羊皮紙や円柱を弁護することに心を惹かれる。しかし彼は、現代のものを古いものに対抗させてみることにも心をそそられる。原子炉やタービン、人工的な物質などを。最前線が好きでもあり、嫌いでもある。人の弱さや迷妄、愚かさなどに理解を示す傾向があるが、同時にそれらと闘い、弾劾したいと思っている。我慢強くもあり、短気でもある。憎悪に駆られもするが、寛容でもある。我慢することも、憎むこともできない。

（同書八三頁）

三十歳を目前にした青年の二面性、その二面性のあいだで揺れ動いているさまが書かれているのはわかる。しかしこの文章は、あまりにきっぱりとしていて、近寄りがたい。近寄りがたさは最後まで緩まない。

彼はまもなく三十歳になるだろう。その日が来る――しかし、ゴングを鳴らす者、その日を告げ知らせる者は誰もいないのだ。いや、その日は来ない――その日はすでに来て、彼が苦労しながらやっとの思いで乗り越えたこの年の、あらゆる日々のなかに含まれていたのだ。彼は来たるべきものに向けて元気に備えをし、仕事のことを考え、病院の門をくぐって、事故に遭った人々や、衰弱した人々、瀕死の人々のところから外に出て行けるようになることを望んでいる。

ぼくはきみに言おう。立ち上がって、出発したまえ！　きみは、骨を折ることもなかったのだから。

（同書九二～九三頁）

この近寄りがたさ、この遠さ。今から六十年も前の作品だから当然か、と一瞬思い、いやそんなことはないはず、と同時代の日本やイタリアの作家たちの作品を思い浮かべた。たとえば瀬戸内寂聴「夏の終わり」（一九六二年）、ナタリア・ギンズブルグ「ある家族の会話」（一九六三年）、田辺聖子「感傷旅行」（一九六三年）。あまりに違う。先ほど述べたように「三十歳」がとりつく島のない大きな岩だとしたら、これらの日本やイタリアの作家たちの作品は沼のようで、浮かぶ枯れ草や泳ぐ小魚に気をとられ、足の裏に感じる土の感触が気持ちよく、もう一歩もう一歩と進むうちに、気づいたらいつの間にか岸からだいぶ遠くにきてしまったというような読み心地を与えてくれる。なぜこうも異なるのだろうか。

バッハマンのこの短篇集は当時高く評価されたようで、ドイツ批評家賞を受賞しているのだが、私自身はこの作品の読み方が見つけられない。困りながら彼女の書簡集や講義録を開いた。ちょうどこの作品を執筆している頃に、バッハマンはフランクフルト大学に招かれて文学の連続講義を行っている。「今日の詩学の諸問題」というテーマで話してほしいという求めに応じて引き受けたものだが、バッハマンはその初日で、そのテーマ自体が適切なのだろうかという皮肉な問いから講義を始め、こんなことを言う。

この五十年のすべてのほんとうに偉大な作品、新しい文学を見せてくれた作品たちは、新しい文体を実験しようという意図から生まれたのではありません。今回はこんな方法で次は別の方法でというような表現の実験から生まれたのでもありません。近代的であろうという欲求から生まれたのでもない。これらはいつも、あらゆる意識よりも前に、新しい思考が破壊的な威力で最初のはずみをつけたときに生まれてきたのです。つまり、倫理がさまざまな形で表現されるよりももっと前、道徳的な衝動が高まって、ありうべき新しい倫理を着想し計画するに至ったときにこれらの作品は生まれたのです。

（『ユートピアとしての文学』一二一〜一二三頁）

文体の実験ではなく、先に道徳的な衝動があるのだと言う。そしてその衝動が高まったときに偉大な作品は生まれる。同じ講義でこうも述べる。詩人とは「自我を実験場とした、あるいは自分自身を自我の実験場とした」者であり、「たえまなく正気を失いそうなっている」（同書五八頁）と。つまり、偉大な詩人・作家が賭するのは、文体ではなく自分自身であるのだ。

自我に関するバッハマンのこの言葉にアガンベンも惹かれたらしい。アガンベンは、自著『アウシュヴィッツの残りのもの』で、強制収容所から生き残った者たちがその経験を証言しようとするときに感じる羞恥心を論じる際に、バッハマンのこの言葉を引用している（一五四頁）。アガンベンによれば、言葉を発するという行為には、主体性を構築すると同時に喪失するところがあり、詩人というのは、正気を失いそうになりながら書く人たちであるのだ。

しかしバッハマンが臆病であるとすれば、そんなことができるのだろうか。正気を失いそうになりながら書きつづけるなどということが臆病者に可能なのだろうか。同じ講義でバッハマンはこうも語る。

> 文学は、単体では定義することはできません。醜い言語を攻撃するものとして捉えてやっと理解されます。千年以上にもわたって、何千回もなされた攻撃として——というのも人生は醜い言語しか持っていないから——。そして、この攻撃によって、人生に言語のユートピアを対置させるのです。（『ユートピアとしての文学』一一九頁）

> 重要なのは書きつづけることです。（同書一二三頁）

人生には醜い言語しかなく、ただ文学だけがそれに挑み、言語のユートピアを提示することができる。だから書きつづけなければならない。

臆病さ＝ティミデッツァの語源はラテン語のティメオ（恐れる）である。臆病を、びくびくして何もできないこと、とわたしは理解していたが、そうではないのだ。真に臆病な者であれば、何かをすることだけではなく、何もしないことすらも恐れるのではないだろうか。そしてそれが戦後の作家、それもドイツ語を母語とする作家である場合はどうか。醜い言語が、人生の持つ醜い言語が、あの最悪の事態を招いたと考える作家である場合は……。何もせずに醜い言語に屈することを何よりも恐れるであろう。ジネヴラの言う「臆病以上の何か」が意味するのはこのことだったのではないだろうか。

戦後、ドイツ語で文学をなすということの重圧の中でバッハマンは詩を書き、そして散文「三十歳」を書いた。あのきっぱりとした文体は、重圧に負けずに頭をもたげるために必要なものだったのだろう。そしてそれは彼女の道徳心が、真に臆病な彼女だからこそ持ちえた道徳心が要請したものだった。

しかし彼女の道徳心がここまで強くなったのは、彼女の生来の臆病さのみに因るのではないかもしれない。きっとひとりの人間との出会いが影響している。

冒頭に引いたあの日に戻ろう。ジネヴラとアガンベンはストーブをもらいにバッハマンの家までやってきた。しかしふたりの前に現れたバッハマンは、詩人パウル・ツェランの自殺という報に触れ取り乱している。

バッハマンとツェラン。ふたりは一九四六年のウィーンで出会い恋愛関係を結んだ。その後ふたりが暮らしをともにすることはないが、しかし、手紙を中心とした交流は長きにわたって続く。ふたりの書簡は一冊の本にまとめられている。ユダヤ人であるツェランは、両親を強制収容所で亡くし、自身も強制労働を課せられた経験がある。手紙の端々からそれがツェランの心に強く影響を与えていることが感じられる。一方のバッハマンはオーストリア・ナチス党員の娘である。おそらくつねに罪悪感がともなわれたであろうこの詩人との交流が、臆病なバッハマンに与えたものの大きさは計り知れない。

バッハマンが先述のフランクフルト大学からの招聘を受けたとき、ツェランは手紙で懸念を示している。大学で講義をするなんて名誉なことであろうに、この詩人は大学が詩を利用し名声を高めようとしているのだと批判する。バッハマンは、そのツェランの批判に同調しつつも講義を行うことを決心する。「文学的な諸問題について長々と論じることはしない、つまり『について』話すことはしないということで対処してみようと思っています、無駄話にさらにもう一つ無駄話が付け加わらないように」(『バッハマン／ツェラン往復書簡』一九五頁)とツェランに返事をしながら。バッハマンが講義において「道徳心」という言葉を口にする背景には、ツェランとのこのようなやりとりがあったのだ。

ツェランが自殺しようとした日はわかっている。一九六七年一月三〇日。ジネヴラとアガンベンがストーブをもらいにバッハマン宅を訪れたのはこの日で間違いないだろう。戦後も続く反ユダヤ主義、それに剽窃の非難まで加わって、ツェランの精神は危機的な状態に陥ったと言われている。ナイフを自らに刺すも、心臓をわずかに外し一命を取り留めた。だからきっと、後日バッハマンは落ち着きを取り戻してジネヴラとアガンベンにちゃんとストーブを渡してくれただろう。

しかしそれから三年後、一九七〇年四月、ツェランはセーヌ川に身を投げる。そして自殺を遂げる。

『三十歳』刊行後のバッハマンに話を移そう。一九六四年から構想しはじめた作品は何年かけても完成を見ず、そのうちの第一部であると言われる『マリーナ』が刊行に至るのはやっと一九七一年、『三十歳』から十年後のことである。

『マリーナ』は、とてもおもしろい。「三十歳」と異なって、あらすじを切り出すことのできない奇妙な作品なのだけれど、緩んだ文体には読み進めていくためのとっかかりがたくさんあって、一文一文読んでいくことが純粋に愉しい。バッハマン本人とおぼしき作家の女性が語り手となる一人称小説で、ふたりの男性との関係があいまいに描かれながら、知り合いへの手紙、インタヴューへの応答、書き途中の小説の断片がところどころに挟まれた複雑な構成で、物語とは別の次元にある小説作品となっている。

彼女の道徳心に変化があったのか。このあと彼女はどこに向かっていくのか。しかし執筆のための時間は長く残っていなかった。ジネヴラは、バッハマンにあてた章を次のように終える。

ロンドンであの知らせを受け取った。
インゲボルク・バッハマンは煙草に火を付けたまま眠りに落ちて、火がベッドに燃え移った。私に知らせてくれたのはソニア・オーウェルで、電話口の私がショックを受けているのを察して、書斎からシェイクスピアを取ってきてイノジェンを埋葬する兄弟の哀悼の歌を読み上げた。

「もう怖くない（Fear no more）……」

でも痛みはまだ去らない。

（『リンゴZ』九二頁）

一九七三年、バッハマンはローマの自宅で煙草の火の不始末から全身にやけどを負い、病院に運ばれる。そして数週間後に亡くなる。四十七歳の秋のことだった。

付記

*イタリアでは、バッハマンとツェランの往復書簡はノッテテンポ社から刊行されている（Ingeborg Bachmann, Paul Celan, *Troviamo le parole*, Roma, nottetempo, 2010）。また、五〇年代、バッハマンがローマ滞在中に、ドイツのラジオ放送局の特派員として書いた記事がまとめられて、アガンベンの教え子が立ち上げた出版社クォドリベット社から、アガンベンの序文付きで刊行されている（Ingeborg Bachmann, *Quel che ho visto e udito a Roma*, Macerata, Quodlibet, 2002）。

＊「マリーナ」というタイトルは、原題のアクセントを尊重すれば「マーリナ」となり、バッハマンを論じる研究者の多くは「マーリナ」と表記しているが、今回参照した邦訳では「マリーナ」と表記されていたためここではそれに従った。

『マリーナ』の主人公はバッハマン自身をモデルにしていると言われている。作中で、主人公が友人に言われる以下のセリフを読んだときに、ああなるほど、と思った。「あなたのことといえばおかしなうわさばかり聞こえてくるわ。あなたは人が待ち受けているところには現れないって。どっちにしても、約束の時間、約束の場所には現れないっていう、もっぱらの評判よ」。約束をすっぽかされたのは、ジネヴラだけではなさそうである（インゲボルク・バッハマン『マリーナ』神品芳夫／神品友子訳、晶文社、一九七三年、一三六～一三七頁）。

＊本文でわたしは、アガンベンの『アウシュヴィッツの残りのもの』にバッハマンの講義が引用されていることに触れたが、この本にはマンガネッリの作品からの引用もある。アガンベンにとって、このふたりは、言語に対する厳しさで並ぶ者たちであったようだ。前章でわたしはマンガネッリをとりあげたが、そのとき『書斎の自画像』から「言語を通して地獄を見た」という箇所を引用した。実はこの主語はマンガネッリだけではない。「二人とも、言語を通して地獄を見たのだ」（六七頁）とあり、その「二人」とは、バッハマンとマンガネッリを指す。バッハマンもまた、言語を通して地獄を見た者なのである。

第五章　場所の名前

もうすいぶん長いことイタリアに行っていない。こんど行くときは、ローマのコッペッレ広場四八番を訪ねよう。それからジッリョ通り、コルシーニ通りも歩いてみよう。ふたりの回顧録を読みながらそんなことを思っていた。

アガンベンの書斎のあった場所である。ローマの地理に明るくないわたしにはわからないけれど、聞く人が聞けば「ああ、あの界隈ね」というような有名な広場や通りの名前なのだろうか。青山通りとか神楽坂とか雑司ヶ谷と言われたら、「ああ、あの」とわたしが思うように。

それがどんな広場でどんな通りなのか、どういう界隈に位置しているのかはわからないのに、これらの場所の名前はなんだか魅力的に響く。ローマの中で引越しを重ねたアガンベンだから、どの書斎かを示すために「ジッリョ通りの書斎の窓から見えていたのは」（六三頁）とか「コッペッレ広場の書斎の書架には」（七一頁）と、これらの地名を持ち出す必要があったのだろう。実際、ひとつしか出てこないヴェネツィアの書斎の場合は、「ヴェネツィアでの最初の書斎は、窓がサン・バルナバ広場に面していて」（九〇頁）と初めは広場の名前を挙げて説明するものの、あとは「ヴェネツィアの書斎」という言い方ですませているのだから。けれど、ただ便宜のためだけではなく、その名を口にしたい、書きしるしたい、そんな欲望があるような気がするのだ。たとえば。

コッペッレ広場四八番の書斎は、一九六七年にジョルジョ・マンガネッリから受け継いで三年にわたり使ったのだが、写真は一枚しか残っていない。
（『書斎の自画像』六五〜六六頁）

マンガネッリが、コッペッレ広場の小さいけれども魅力的なアパート（わたしの夢に何度も現れた）を手放したのは、蔵書を納め切れなくなったからである。（同書六八頁）

このふたつの引用箇所のうち、後者の「コッペッレ広場」は、なくても意味は伝わるし識別に困ることはない。こうやって並べてみると地名の使い方がちょっと過剰な気がする。それはこんなところでも。

> ボッカ・ディ・レオーネ通りにあったインゲボルクの家は、完全にウィーン風の内装で、わたしはここで一九六〇年代の末に、ゲルショム・ショーレムと面識を持った。
> （同書六八頁）

> 一九七一年九月から一九七四年六月まで、わたしは、パリのジャコブ通り一六番の書斎に暮らした。
> （同書一八〇頁）

インゲボルク・バッハマンの家もパリの書斎も、本書ではそれぞれひとつしか紹介されていないのだから、識別のためだけならここで通りの名を出す必要はなかったはずだ。でもなぜか通りの名、そしてパリの書斎については番地までもが書かれている。同様の過剰さはジネヴラの文章にも見られる。

ラ・ボラ〔渡辺註：レストランの名前〕にはよく行った。オリエンタル広場六番のペペ〔渡辺註：ホセ・ベルガミンの愛称〕の家から歩いて行けるからだ。ペペが住んでいたのはアパートの最上階の小さな部屋で、公園と（ペペが嫌悪する）王宮に面したベランダがあった。　　（『リンゴZ』四五〜四六頁）

マンガネッリがコッペッレ広場の家を手放そうとしていたので、それをジョルジョが譲り受けた。　　（『同書』六五〜六六頁）

彼女はボッカ・ディ・レオーネ通りのアパートメントの一階に住んでいて、家へ行くのに階段はほとんど上らずにすんだ。　　（『同書』八九頁）

このように、スペインの作家ペペことホセ・ベルガミンの住まいと、第三章、第四章でそれぞれ紹介したマンガネッリとバッハマンの住まいのあった場所が記されている。いずれも

「オリエンタル広場六番」「コッペッレ広場」「ボッカ・ディ・レオーネ通り」とあえて言わなくともすむところだ。とはいえ、こう書かれていることがうっとうしいわけではない。むしろ、わたしはなんだかうれしい。たんに「最初の書斎」とか、ただ「ペペの家」と言われるよりも、愉しい。なぜだろう。今回はふたりの回顧録を往き来しながら、人物ではなく、地名の魅力について考えてみたい。

と書くと、『書斎の自画像』『リンゴZ』を読んで初めて地名の魅力に目覚めたかのようだけれど、ほんとうは違う。以前から文芸作品の人名や地名のことが気にかかっていて、作家によって、あるいは特定のひとりの作家についても作品によって、固有名詞の使い方がさまざまであることを興味深く思っていた。よく知っている町の名前がたくさん出てくる小説があるかと思えば、人物の名も町の名も出てこない作品もあるし、架空の地名を舞台にした作品もある。ここでふたりの作品における地名の使い方についてうんぬんしはじめたのも、彼らの作品を利用して、前から気になっていたことをもっとよく考えてみようという魂胆であるのだ。これまで書いてきたように、ふたりの文体はずいぶん異なっているのだけれど、地名の使い方についてはむしろ似た傾向が見られるし、そしてこれは本心からそう思うのだが、通りの名も広場の名も魅力的に響くものだから。

いつか場所の名前についてゆっくり考えるときに参照しようととっておいた文章があるので、ここで持ち出そう。小説家の川上弘美によるエッセイ集『此処（ここ）　彼処（かしこ）』である。文庫版のあとがきで彼女は場所の名についてこんなことを書いていた。

> 具体的な場所の名や時や固有名詞を小説やエッセイの中で書くことを、それまではできるだけ避けていました。東京、とか、平成五年、とか、スターバックス、といった名前は、以前のわたしの小説やエッセイにはほとんど出てきませんでした。名前を持たないような場所。時間。できごと。そんなふうなものばかりを書いていたような気がします。
>
> 　名前を持たない、ということは、たぶん、あらゆる可能性を秘めている、ということです。名づけのなされていない、まっさらなもの。これからはじめて先行きが決まってゆくもの。未（いま）だ、なもの。
>
> 　未だ形にならざるものを書いてみたい。以前のわたしはそう思っていたにちがいありません。
>
> （『此処　彼処』二四〇～二四一頁）

なるほど彼女の文章には、めったに固有名詞が出てこない。と思いながら古いエッセイを開きなおしてみればけっしてそんなことはなくて、「武蔵野」とか「長良川」とか「上野の、国立博物館」とか「井之頭公園」とか「文京区千駄木五丁目」とかの具体的な地名がちらほら出てくる。読んだ本の名やその作家の名前はけっこうよく、と言ってもいいほど出てくる。とはいえ、こうやって確認するまでは「めったにない」という印象を持つくらいに、川上弘美は——少なくとも初期の小説においては——固有名詞を避けようとする作家であろう。たとえばデビュー作の「神様」。語り手の「わたし」と、「わたし」の住む集合住宅に越してきた「くま」がいっしょに散歩に出かけるという素晴らしい短篇。この作品の冒頭で、引越しの挨拶に来た「くま」は、「わたし」の家の表札を見て「もしや某町のご出身では」と尋ねる。町名は明かされない。「わたし」が名前を問うと、「くま」はこう答える。「今のところ名はありませんし、僕しかくまがいないのなら今後も名をなのる必要がないわけですね。呼びかけの言葉としては、貴方(あなた)、が好きですが、ええ、漢字の貴方です、口に出すときに、ひらがなではなく漢字を思い浮かべてくだされればいいんですが、まあ、どうぞご自由に何とでもお呼びください」（『神様』一〇〜一一頁）。今読むと、名前を出さないことにかけての作者の強い意志すら感じる。

しかし彼女が上述のエッセイ集に収録される文章を書きはじめたときには、違う心持ちになっていたそうである。

けれど、そのようにしてものごとの輪郭をあいまいにしながら書きつづけているうちに、「それでいいのだろうか？　今実際にある、あの場所、このヒト、このモノが、あたかも名前を持たないふりをするって、どうなんだろう？」と、ある日思ってしまったのです。

ほんとうのところ、自分の中には、まっさらではないもの、すでに時を経てきたもの、決まりがついてしまったもの、決まりはついていないけれど厳然としてそこにありつづけてきたもの、そんなものが、あふれているのではないか？

見ないふりをしてきた、それらの「すでに名づけのされた」事々に後押しをされて、実際にこの世にある場所のことを書いてみよう、と思ったにちがいありません。

（『此処　彼処』二四一頁）

こうして川上弘美は、浅草やオレゴンや銀座や小豆島やマダガスカルについて文章を綴っていく。

このあとがきでは、ひとつの対比がなされている。「名前を持たない」ものと「すでに名づけのされた」事々。「名前を持たない」ものは「たぶん、あらゆる可能性を秘めて」いて、「これからはじめて先行きが決まってゆくもの」。一方の「すでに名づけのされた」事々は、「まっさらではないもの、すでに時を経てきたもの、決まりがついてしまったもの、決まりはついていないけれど厳然としてそこにありつづけてきたもの」。たとえば「銀座」という地名。この名前を持ち出さないで銀座を語ろうとすれば、一般名詞、動詞、形容詞などなどによって形作っていかなくてはならないが（「高級な服を扱ったブティックの並ぶ繁華街」）、固有名詞を持ち出せばそれだけですんでしまう（「銀座」）。そして「すでに名づけのされた」事々は、作者が書く前からずっとそこにあり、これからもきっとあるだろうと思わせながら存在する。たった数文字で圧倒的な存在感を示す。

ところで今、例として挙げた「銀座」だが、「銀座」という地名はよく知られているため、その語を持ち出すだけで多くの人にそれがどのような場所であるかが伝わる。それゆえに「銀座」という言葉には存在感があるのだろうか。そして、よく知られていない地名や架空の地名にはそのような存在感はないのだろうか。

という疑問には、前章で紹介したインゲボルク・バッハマンがとても簡潔に答えてくれていた。「名前はそれ自体で、世界にあるために十分なのです」(『ユートピアとしての文学』八三頁)と。彼女がフランクフルト大学で行った文学講義の第四回のことである。この回の講義のタイトルは「名前との関係」というもので、まさに小説における名前がテーマだったのである。カフカの『城』の登場人物Kを中心に、いくつかの作品における名前について彼女は考察している。散文による作品を書きはじめたバッハマンにとって、名前は大きなテーマだったようだ。「名前」と言うときバッハマンの念頭にあったのは、人名のことだけではない。地名も、である。彼女はこのように述べる。

名前の問題、名前の問いとは、作家たちにとっては、何かとても感動的なものなのです。それは登場人物の名についてだけではなくて、あの素晴らしい地図、文学の中においてのみ可読性を得るあの地図帳の中に記される土地、通りの名についても言えることです。この地図は、地理学者たちによる地図とはわずかの点でしか一致しません。もちろんこの地図は、あらゆる優秀な研究者たちが知っている場所も記録していますが、どんな大家も知らないような土地も記しており、これらの場所たちは、すべてが合わさってひとつの網を形作っています。デルフィからアウリス、ダブリンからコンブレー、モルグ街からアレクサンダー広場、ブローニュの森からプラーターまで。（同書八四頁）

ここで彼女は架空の土地の名と実在する地名を並置している。そのいずれにも彼女は魅了されている。架空か実在かは問題ではないのだ。コンブレーやモルグ街は架空の地だから、人々が共通してその地名から想起する歴史的、地理的事実を持つわけではない。けれど地名が持ち出されると、なぜかその地名を口にしてきた人々の存在が感じられて、悪く言うと垢にまみれたような、よく言えば何年にもわたって磨き込まれたような不思議な存在感に圧倒される。

となると、わたしがジネヴラとアガンベンの文章に通りや広場の名前を見てうれしくなったのには、地名の持つこの存在感が関係しているのかもしれない。それがわたしの知らない場所であっても、固有名詞が持ち出されたことで、そこにその通りがあった、そこにふたりがいたということがありありと感じられ、そして心がはずんだのだろう。

　ところで、固有名詞はかくも魅力的なのだから、小説家は固有名詞をたくさん使えばいいかというと、そう単純でもないのがまたおもしろい。先のエッセイにあったように、初期の川上弘美は、名前を持たないことの方に可能性を感じて固有名詞を使うことを避けていた。わたしのかねてからの持論なのだけれど、彼女に限らず、経験が浅い段階で固有名詞を避ける作家は実際多いと思う。村上春樹にしてもそうだ。初期作品の『1973年のピンボール』では、語り手は「僕」。その僕が目を覚ますと両脇に双子の女の子が寝ている。名を尋ねると、右側の子に「名乗るほどの名前じゃないわ。」と言われ、左側の子には「実際、たいした名前じゃないの。」と言われる。語り手が名前を持つようになった長篇第五作の『ノルウェイの森』でも、「ワタナベ」とカタカナ表記がとられているところに躊躇を感じる。固有名詞を使うのは難しいのだろうか。固有名詞を扱うには経験を要するのだろうか。

　ここでまた、このテーマについて考えるときのためにとっておいた文章があるので持ち出してみよう。作家・批評家の松浦寿輝がロラン・バルトについて語りながら、小説を書くときの固有名詞の使用の難しさに触れていたのだ。

　バルトはどこかで「自分が小説をまだ書かないのは登場人物の名前を発見できないいか

らだ」と語っているはずですが、この言葉は私自身が小説を書き始めた時にかなり意識していました。小説における固有名詞の問題というのはバルトの中でも一貫していて、彼が六〇年代後半に書いたプルースト論は『プルーストと名前』というものですね。ゲルマントとかコンブレーといった人名や地名の発見をプルーストにおける小説宇宙の創造の決定的契機として論じている。

馬鹿々々しいようだけれど、小説にはやはり名前が必要なんですよ（笑）。だってベケットの小説にだって名前が出てくるんですから。〔中略〕名前の発見、ないし捏造ということですね。その瞬間に初めて登場人物というものが誕生するのですが、ただしこれをやるためにはかなりの蛮勇を振るわないといけない。〔中略〕そこにはある跳躍が、目を瞑って大きく一歩踏み出すような闇雲の決断が必要なんです。この奇妙と言えば奇妙な蛮勇を振るわないかぎり小説のエクリチュールが作動しないのですが、しかしこれはたいへん下品な振る舞いなんですね（笑）。エクリチュールの倫理に対するバルトの忠誠は、この下品さを許容しえなかったのではないでしょうか。

（「身体と言葉が共振する」八三〜八四頁）

　ここで松浦寿輝は、長年にわたって小説を書くことを考えつづけてきたバルトがついに小説を書くことがなかった理由を、登場人物を名づける下品を許せなかったからではないかと推測している。この松浦説の是非はさておき、松浦寿輝がそう結論づけるに至ったその前提、小説の登場人物を名づけることに「大きく一歩踏み出すような闇雲の決断が必要」というところにわたしは大きくうなずく。知り合いと同じ姓名というわけにはいかないだろうし、あの人とあの人の名前を組み合わせようか、いや前にコンビニの店員さんの名札に見たあの変わった苗字にするか……と思案するだけでなぜか気恥ずかしい。そしてこの気恥ずかしさは人名だけでなく地名を創作するときにも感じるものだろう。それらしい漢字を組み合わせて架空の町名を作ったり、音の響きから村を名づけたり……たしかに、えいっ、と溝を飛び越えるような勇気がいるような気がする。

　と書くと、固有名詞を創作することが困難なのであって、実在の地名を使うのはたやすい、ということになりそうだが、そうではない。バルト自身が「プルーストと名前」というエッセイの中で言っているのは、作品のために適切な固有名詞を選ぶこと、見つけることが難しいということであって、彼は『失われた時を求めて』に出てくる実在の地名パルム（イタリアのパルマ）と架空の避暑地バルベックを例に挙げているのである。つまり、小説の中で人物名、地名を出す場合には、それが架空のものであっても実在のものであってもうまく選ぶ必要があり、それはなかなかに難しいというのがバルトの考えである。なるほど、そうかもしれない。よし、商店街を舞台に小説を書こう、と思い立ったとして、じゃあその商店街はどの街の商店街をモデルにするか、近所の「霜降銀座商店街」の名前を出すか、と考えてみると、そう簡単に決断できるものではないような気がする。この難しさには、先ほど述べた、固有名詞が持つ存在感がきっと関係している。存在感が大きいからこそ適切なものを選ばないと作品が損なわれるのだろう。

ではなぜ「ローマ」や「マドリッド」ではいけないのだろう。ふたりが「コッペッレ広場の書斎」ではなく「ローマの書斎」、「オリエンタル広場六番の家」ではなく「マドリッドの家」としか書いていなかったら、わたしはきっとおもしろくなかったろうと思う。それは、彼らの回顧録においては「コッペッレ広場」「オリエンタル広場」という固有名詞が適切だったということなのだろうか。そうだとしたら、それはなぜなのだろうか。ある固有名詞は、存在感に加えて何か別のものを持っている。瀬戸内寂聴の、そのもの『場所』というタイトルの作品を読みながら思った。

『場所』は、瀬戸内寂聴本人と思われる「私」が語り手となって、「私」の子ども時代から五十一歳で出家するまでを、暮らした場所や思い出の町をてがかりにして辿っていく、エッセイと小説のあいだにあるような作品である。その第一章「南山」。「私」が、徳島の父の郷里を初めて訪れたときのことが語られる。その章はこのように終わっている。


外に出ると、目の前に広がった田の彼方にくっきり山が聳えていた。

田んぼの中から背をのばした夫婦づれらしい農家の人が私を見て、首の手拭いを外し、

「これはこれは、ようお出でなさあんせ」

と声をかけてくれた。私はその二人にお辞儀を返してから、二人の背の彼方にある山を指して訊いた。

「あの山はなんという山ですか」

幼い父が朝に夕に仰いだであろう山である。

男は山を仰いだ視線を戻し、おだやかな声で告げた。

「へえ、あれは南山と申しとります」


（『場所』三三頁）

ここでこの章は締めくくられる。本書の解説を書く詩人の荒川洋治は、この箇所に触れてこう言う。「亡き父が、ちいさいときに見つめていた山。それが父の目にどううつったのか、作者は想像できない。また想像しない。ただ山の名を知る、というところで終わるのだ。（中略）父の見た山は、筆を尽くしても二つの文章をもってしても、手のとどかないところにあるが、それでも『南山』という名前を知る『私』の文章からは、作者その人だけの、静かなよろこびが伝わってくるのだ」（同書三四〇～三四一頁）。

彼女に「静かなよろこび」をもたらしたもの、それはある種の地名が持ちうる親密さではないだろうか。誰もが知っている地名ではなく、父や父の周りの人が呼び交わしていた山の名。その名の持つ親密さに触れて、彼女には静かなよろこびがわいたのではないだろうか。そして、わたしがふたりの回顧録に通りや広場の名を見たときのうれしさや愉しさもきっと同じだ。誰もが知っている有名な街の名前ではなく、彼らのあいだで通じていた通りの名前を知ったよろこび。それはたぶん、仲間うちだけで通じる合言葉を教えてもらったときの気持ちに通じる。仲間に入れてもらったようなうれしさ。そしてまた、合言葉を発するのも実は心はずむことなのに違いない。だからふたりは地名をちょっと過剰に書きしるしてしまったのだ。そしてその過剰さを手がかりに、わたしは彼らの合言葉を見つけることができた。

付記

＊ロラン・バルトが小説を書かなかった理由について、翻訳家の中井秀明が、わたしが本文で触れた松浦説を踏まえた上で考察している。中井秀明「小説を書かないことの幸福——ロラン・バルト雑感その1」https://nakaii.hatenablog.com/entry/20111014/1318587503 (last access on 2022.9.29).

中井は、松浦説——登場人物の名前を創作することに伴う下品さを許容できなかったからバルトは小説を書かなかった——をとらない。逆説的にも、人一倍小説を書きたいと思っていたから、そして同時に、人一倍「幸福」であることに敏感であったからバルトは小説を書かなかったのではないかと推察しており、わたしはこの説に納得した。「おそらく小説家とは、『小説を書きたい』と、そのように『書いただけでもすでに幸福にな』ってしまう人間だろう。だから本当は書かなくてもいいはずなのだ。それなのに書いてしまう。ここには、他人から強いられるのではない、自己の奥底に発する強い促しがある。そしてまた、この促しの底の底には、それに不合理な突き上げの力を与え続ける、きっと小説家本人にも意識されない、隠された原因がある。小説家に書くことを強制する、この原因は、きっと、義務感と呼べるようなものに違いない。小説を書くと書くだけで幸福ならば、実際に書くことは、より多くの幸福をもたらすだろうと考えるのは、間違いだ。書けば書くだけ、人間としては不幸になる。そう知りながら、それでもなお、書く。それはそれが小説家にとって、ひとつの義務であるからだろう。／しかしバルトにとって、『義務（le Devoir）』とは『幸福（la Fête）』の反意語であった」。小説家のこの「義務感」は前章で触れたバッハマンの道徳心に通じるものであるだろう。書きたくて書くのではなく、書かざるを得なくて書く。書けば書くだけ不幸になっても書く。しかし幸福であることに敏感なバルトは、小説のことを考えながらも小説を書かないことで、幸福を維持しようとした。このように考えると、松浦寿輝が、バルトがどこかで言っていたという「自分が小説をまだ書かないのは登場人物の名前を発見できないからだ」というのは、小説を書かないための、つまり幸福を維持するための言い訳だったのではないか。

＊

そういえば須賀敦子も、晩年に小説を書こうとしていたが書かずに亡くなってしまったということを聞いたことがあって、その理由も何か固有名詞と関係があるのかなと頭のすみにひっかかっていた。今回『考える人』二〇〇九年冬号の特集「書かれなかった須賀敦子の本」を読んで、わたしが想像していたのとは事情がだいぶ異なることを知った。彼女自身は晩年に書こうとしていた作品を「小説」とは呼んでおらず、ただ「長篇」と言っていたそうだ。その長篇を書くためにアルザスに取材に行った。取材をもとに記した創作ノートと未定稿の序章が本特集では公開されている。読んでみると、その文章の緻密さと厳格さに感服する。文章の流れに身を任せることなく、完全に掌握しようとする作者の強い意志を感じる。なるほど、と思った。この完璧さで長篇を書き切るのは難しいだろう。一方で多数遺したエッセイではときに友人の名前は創作され、父の愛人との遭遇の状況は、同じ場に居合わせた妹の記憶とは異なったものとして描かれていた。須賀敦子は小説を書かなかったのではなく、長篇は書かなかった、という方が事実に近いのだろうと思う。創作する大胆さは持ち合わせていたが、完璧主義が作品の流れに身を任すことを許さなかったのではないか。

＊米国で育ち英語で作品を発表してきたジュンパ・ラヒリが、初めてイタリア語で長篇小説を書くというときに、人物の名前も場所の名前も一切出さずに作品を完成させたことも、おもしろいな、と思っていた（ジュンパ・ラヒリ『わたしのいるところ』中嶋浩郎訳、新潮社、二〇一九年）。「住んでいる地区の通り」「トラットリア」「町の中心地」「女友達」「同僚」「学生」「元パートナー」「旧友」などの語で、四十代の女性の日常が語られる。慣れないイタリア語で小説を書くというとき、なぜ固有名詞を使うことを放棄したのか。本文で記したとおり、経験の浅い作家が固有名詞を避けようとすることと何か関係があるのだろうか。

＊この文章を書いているあいだに、架空の地名をタイトルにした、ぶ厚く存在感ある小説の邦訳が刊行された。ロシアの作家アンドレイ・プラトーノフによる『チェヴェングール』という作品である（工藤順、石井優貴訳、作品社、二〇二二年）。訳者があとがきでこの地名について説明している。「そもそも『チェヴェングール』という語からして、天才的なあいまいさを誇るものです。『チェヴェングール（Chevengur）』――一見して由来もその意味もまったくあいまいな雰囲気を漂わせながらも、たしかに地名としての現実感をも帯びるバランス感覚がすばらしい。この地名の語源については、さまざまな説があります。いわく方言で古い草鞋を表すchevaに由来するとか、実在の地名Bogucharにヒントを得たものだとか、あるいは『臨時軍事必勝英雄的堅牢地区』の略語である、など。それらを横目に見つつ、作家本人がこの地名については何ひとつ書き残していない中でもっとも確実な手がかりは、まずは作中で主人公が述べている言葉にあると思われます。それによれば、

『チェヴェングールという言葉（……）それは未知の国へ誘うざわめき（グール）に似ていた』。また、別の一説によれば、ch-e-v-enはロシア語で『永遠の』を意味する形容詞から派生するv-e-ch-e-nのアナグラムであろう、といいます。『永遠のざわめき』＝チェヴェングール。これも仮説の一つに過ぎませんが、訳者個人としては諸説の中でこの説がもっとも気に入っています」（六一一頁）。読んでいるうちに、実在の地名の由来を聞いているような心地になってきた。

＊前章でインゲボルク・バッハマンについて書きながら、かたわらでずっと瀬戸内寂聴の存在を意識していた。というのも、バッハマンの作品があまりにとっつきづらかったために、当時、女性が書くとはどのようなことだったのだろうかと想像を巡らせているうちに、ふと、瀬戸内寂聴と同年代なのではないだろうか、と思い至ったのだった。調べてみると、瀬戸内寂聴が一九二二年生まれ、バッハマン一九二六年生まれとたしかに生年は近い。バッハマンが亡くなったのが一九七三年で半世紀も前のことだから、遠い昔の作家のように感じていたが、そんなことはないのだ。ふたりとも、戦中、戦後を生き、文筆によって名をなした。彼女たちの人生は、大きく異なるような、あるいはどこか通じるところがあるような気がする。バッハマンが三十代半ばで『三十歳』を出して名声を得た頃、三十代の瀬戸内晴美（当時）は、『新潮』誌に「花芯」を発表して批評家と論争になり、文壇から干された（作品で描かれる女性の性のありように過剰に反応した批評家に、瀬戸内が反論したらしい）。このようにスタートは大きく異なるのだが、その後、四十代の瀬戸内晴美が『夏の終り』でひとりの女性とふたりの男性による三角関係を描くと、つづいてバッハマンも四十代半ばにして『マリーナ』で同様の三角関係を書く。そして、瀬戸内晴美が出家した一九七三年にバッハマンは火

災により亡くなる。

第六章　エルサ・モランテ、半分不幸な人

彼女のことはエルサと呼びたい。生まれたのは一世紀以上前、亡くなってからだってもう四十年近く経つのに、なぜか彼女をとても近くに感じるから。感染症対策の名目で街を自由に出歩くことを禁じられたときエルサは何を思うか、各地に起こる洪水や山火事にエルサは何を見るか、原発が戦場となっているとの報にエルサは何を言うか、などと考えている自分に気づくことがある。

「原爆に賛成か反対か」というテーマで一九六五年に講演を行ったとき、エルサは「作家」というものを「起こることすべてが気にかかる人。ただし文学以外で」（『原爆に賛成か反対か』九七頁）と定義した。この講演録を読むと、ひびが入ってぼろぼろと崩れようとする世

界を、小さな体で両腕をせいいっぱい伸ばして必死に抱き支えようとする彼女のイメージが浮かぶ。今もエルサがいれば少しは心細くなくなるのに、と思ってしまう。

こんなふうに思うようになったのは、エルサの遺したいろいろな文章に触れたからで、初めジネヴラが語るエルサについてのエピソードを読んだときには、なんて怖い人なんだろう、とおびえた。

何年ものあいだ、私たちは昼に会って昼食をとり、彼女が執筆にとりかかるまでの時間をいっしょに過ごした。エルサは血圧があまりに低かったので、執筆のために、当時すでに禁止されかかっていたアンフェタミンを飲んでいた。〔中略〕薬の飲み方を極めていて、午後三時から夜ふけまで仕事を続けられた。私たちは薬が効果を発揮するまでいっしょにいてあげなくてはならなかった。こうして、昼食、そして昼食後の長い時間をかけて、物語に満ちあふれた幸せなエルサからじょじょにイライラして辛辣なエルサに変化していくのを見届けることになった。誰も彼女よりも前に立ち上がる勇気はなく、それぞれ部屋のすみにおとなしくじっとしていた。というのも、アンフェタミンは脳をいらつかせ、的を定めるまではあちこちに小石をとばすからだ。

（『リンゴZ』七八〜七九頁）

どんな辛辣な言葉を投げつけられたのだろうか。第三章でとりあげたマンガネッリとの関係からも思ったことだけれど、ジネヴラは気難しい芸術家たちとの付き合いを厭わず、意外にも面倒見のよい人であるようだ。原稿執筆に向けて、薬の作用で神経を尖らせていく二回り以上も年上のエルサの言葉にじっと耐えていたらしい。

エルサ・モランテは一九一二年、ローマに生まれた作家で、長篇・短篇小説、そして詩作品を残している。幼いうちから創作を始め、二十歳になる頃には子ども向けの雑誌に、やがて一般文芸誌に短篇小説を発表するようになり、一九四八年、長篇小説『嘘と魔法』でヴィアレッジョ賞、一九五七年に『アルトゥーロの島』でストレーガ賞を受賞する。しかしその後、長きにわたって筆を折り、書籍の形で刊行に至ったものは多くない。

上記の文学賞受賞作はいずれも比較的新しい邦訳が出ており、マンガネッリに比べれば圧倒的に日本語でも近づきやすい作家である。もしかしたら、彼女の作品を読んだことがなくても、作家アルベルト・モラヴィアの配偶者として記憶している人もいるかもしれない。戦時下のローマでふたりは結婚し、一九六一年、モラヴィアが作家のダーチャ・マライーニとの生活を選んで家を出ていくまでのあいだ、ともに暮らしていた。

自分の生年をたびたびごまかし、戸籍上の父と生物学上の父が異なっているらしいとの疑惑があり、さらには同性愛者の男性有名人への叶わぬ恋の噂があったりと、エルサの私生活は人々の興味を惹くようなエピソードだらけ。だから伝記的な書籍はずいぶんと出版されていて、彼女の人生についてここで紹介するのは容易い。容易いけれど、エルサのことを語ろうとする人がみな引用するエルサの言葉「作家の私生活というのはくだらないうわさ話。私のことじゃなくてもうわさ話には腹が立つ」（『イル・モンド』紙、一九七二年八月一七日付）を踏まえ、彼女の私生活に触れるのはできるだけ控えておこう。ジネヴラとアガンベンに、エルサの作品へ誘ってもらおう。

アガンベンの『書斎の自画像』を読めば、彼にとってエルサがとても大事な存在だったことがすぐにわかる。冒頭に彼女の言葉が引用されているのだ。

何かを知ることができるのは、ただそれを愛する場合にのみ――あるいはエルサが言っていたように「愛する人だけが知る」。〔中略〕わたしについて言えば、好きな本を手にすれば必ず心ときめくし、ある被造物、ある事物を知れば必ずその中でそれとともに生まれ変わると思う。

（『書斎の自画像』一一九頁）

愛を媒介にして知性と研究対象が結びつき、その関係がつねに更新される、そんなアガンベンの知的探求のあり方が素朴な言葉で語られていて、彼の回顧録の中でいちばんにわたしが好きなところだ。お気に入りのおもちゃで遊んでいる子どもみたいに研究をする人だな、そんなふうに思った。ここで持ち出されているのが「愛する人だけが知る」というエルサの言葉なのだ。

アガンベンは若くしてエルサと知り合った。エルサが亡くなったときに寄せた追悼文の中で、アガンベン本人が以下のように出会いを明らかにしている。

エルサとわたしの友情は、二十二年前、フラミニオ広場からローマ平原を横切ってヴィテルボに向かう列車の中で始まった。エルサはヴィテルボのケアハウスに入居している母親を見舞いにいくところで、わたしが数か月前に親しくなったウィルコックが、ちょうどその日を選んでわたしたちを引き合わせてくれたのだった。ヴィテルボでエルサは駅にわたしたちを残し、その一時間後にまた戻ってきた。〔中略〕その日から、まるで熱に浮かされたかのように激しい往き来が始まった。わたしたちはほとんど毎日顔を合わせ、ときには朝から晩までいっしょにいた。エルサは、ちょうど執筆を中断していた時期で、際限なく時間を自由にできた。〔中略〕わたしは当時二十一歳で、エルサの友情がわたしに与えてくれた気まぐれだが比類のない糧を忘れることはけっしてできなかった。

（『イタリア的カテゴリー』一九七～一九八頁）

エルサが亡くなったのが一九八五年。その二十二年前であるから、一九六三年にふたりは出会ったことになる。アガンベンがローマ大学の学生だった頃だろうか。一方のエルサは五十代、数年前にストレーガ賞を受賞した有名作家だった。

それにしても、最初の出会いとして列車の中、それも母親を見舞うための車中が選ばれるというのはちょっと変わっているような気がする。きっとこれは、好き嫌いが激しく、気難しいエルサへの配慮だろう。アガンベンは、エルサと近づくことの難しさを『書斎の自画像』の中でこんなふうに書いている。「エルサのサークルには、無条件に入れられるか、それとも決定的に拒否されるかのどちらかで〔中略〕サークルに入るための資格は、ほとんど予測しがたいものであった」（一九五〜一九六頁）と。エルサが誰を気に入るか気に入らないかは、周囲の者にはわからない。だからまずはエルサにわざわざ時間を割いてもらうことなく面会させ、エルサが望めばゆっくり話をできるように持っていく、エルサがアガンベンを気に入らなかったらすぐに退散すればいい、そうすれば機嫌を損ねることなくすむだろう……。仲介役を務めたアルゼンチン生まれの作家ウィルコックは、この日の出会いを準備しながらこんなことを案じていたのではなかろうか。ともかく、アガンベンはエルサのめがねに適ったようだ。見舞いが終わるまでアガンベンを待たせ、その後じっくりと会話を愉しんだのだろう。その日からふたりは一気に親交を深める。

この年には、エルサの初期短篇を収録した『アンダルシアの肩かけ』が刊行されている。この短篇集は邦訳もあるが、今回原著にあたろうとエイナウディから二〇一五年に刊行された新版を購入した。ぱらぱらめくってびっくりした。巻末にアガンベンの名を見つけたのである。本書初版刊行時に書かれた彼の書評が収録されているのだ。一九六四年一月一〇日『パエーゼ・セーラ』紙に掲載された文章で、「作家とは灯火（ともしび）泥棒のようなもの」と題されている。さっそく読んだ。

ヴァン・ゴッホは、テオへ宛てた一通の手紙の中で、人々はたいてい監獄に暮らしていると書いている。〔中略〕「何が監獄を絶望させるか知ってるか？」ヴァン・ゴッホは手紙の中で続ける。「それは、深く真剣な愛情のすべて。友だちであること、兄弟であること、愛すること……」。同様の観念が表現されているエルサ・モランテの詩がある。「愛する人だけが知る……愛する人にだけ〈違っているもの〉が輝きを放つ」。

（『アンダルシアの肩かけ』二〇三頁）

再び驚いた。「愛する人だけが知る」という、『書斎の自画像』の冒頭に引いたエルサの言葉をアガンベンはここでも引用しているのだ。この書評が掲載されたのは一九六四年、先ほど紹介したふたりの出会いの翌年である。つまりアガンベンは、これから自分の道を切り拓いていくという二十代の頃に引用した言葉を、七十代半ばになって再び呼び出し、その言葉から自身の半生を振り返りはじめたのだった。半世紀の時を超えてアガンベンが大事にするこの言葉の出どころを探ると、一九五五年のエルサの詩「アリバイ」の冒頭に見つかった。

愛する人だけが知る。かわいそうに、愛さない人！

汚された目に映る聖体のように、
彼にはあまたの生もありふれてつまらない。
愛する人にだけ〈違っているもの〉が輝きを放ち
ふたつの神秘の家が開かれる。
苦しみの神秘と喜びの神秘。
　私はきみを愛してる。よかったね、
私がきみを愛しはじめた瞬間。

（『アリバイ』四九頁）

『書斎の自画像』で初めて「愛する人だけが知る」という言葉を読んだときから、意味することはとてもよくわかると思っていた。あの人を愛せばこそ、わたしはあの人のことをよく知り、あの人はあたりから際立って魅力を示す、と。つまり魅力的だから愛するのではなく、愛するから魅力的なのだ。そして、わたしがあの人を愛さなければ、あの人を知ることはできないし、魅力も現れない。だからエルサは「愛さない人」を憐れむのだろう。知ることの喜びを得られないから。
　ここでもう一度よく考えてみると、あの人を愛するか愛さないかはわたしが決められることではないということに思い至る。愛そうと思って愛せるものではない。愛することは降ってくる。だからこそエルサは「私がきみを愛しはじめた瞬間」を言祝ぐのだろう。自分で選ぶことのできない幸せな瞬間を。そしてまた、愛することをわたしが決められないのと同じように、愛しつづけることもわたしには決められない。知ったと思った頃には愛が失われている場合もある。だからアガンベンは『書斎の自画像』の中でこう言っていたのだ。「知っていると自認している人たちの中に、まさしくそうした愛を見つけることは困難である。それどころか、しばしば反対のことが起こる――ある作者やある対象の研究に身を捧げる人が、対象に対して優越感やある種の軽蔑すら感じるようになってしまうという事態である」(二九頁)と。愛が失われているにもかかわらず、そのことに本人は気づかないで知っているという奢りだけが残ってしまう。アガンベンがエルサから学んだ愛は気まぐれでわがまま、けれど大きな喜びをもたらしてくれるものだった。

一方のジネヴラであるが、エルサに初めて会ったのは十七歳のとき、いとこに連れられてモラヴィアやパゾリーニたちといっしょに踊りにいった晩のことだそうだ(『コッリエーレ・デッラ・セーラ』紙、二〇一五年一〇月二日付)。ジネヴラが十七歳のときなので一九五〇年代の半ば、アガンベンがエルサと出会うよりもだいぶ前のことである。しかし親交を深めたのはおそらくもっとあとのことで、『リンゴZ』のエルサにあてられた章では、エルサの生涯最後の夏のバカンスを南の島でいっしょに過ごしたときのことや、入院中のエルサを見舞ったときのことが中心に回想されている。

エルサは晩年を病院で過ごしたのだが、ジネヴラは猫好きのエルサのために、自分の飼い猫を籠に入れて病院に運び込もうとしたそうだ。見つかって追い返されてしまったらしい。このような興味深いエピソードはあるものの、『リンゴZ』を通読したとき、ジネヴラがエルサにとりわけ強い思い入れを持っているとは感じなかった。もちろんジネヴラにとって大事な人ばかりをとりあげているのだから、エルサも大事な人なのだろう、でも、ほかの人たちとひとしなみ、そういう印象だった。しかしエルサのある作品を読んでそれが誤解だったことがわかった。わたしは、エルサとエルサの作品に対するジネヴラのただならぬ思いに気がついた。さらには『リンゴZ』の謎めいた序文の由来も発見したのだ。

第二章で触れた『リンゴZ』の序文を思い返したい。大波が自分に迫ってきたときにパソコンのショートカットキー「リンゴ（コマンド）＋Z」で時間を後戻りできるとしたらどこまで戻るか、という問いから始まる序文である。この問いは次のように続く。

たぶん、目を上げると途方もない脅威が迫ってきていて、もはや手の施しようがないと気づいたまさにあの瞬間ではないだろう。逃げられるかどうかの瀬戸際だったあの瞬間でもたぶんないだろう。たぶんもう一度キーを押して、海辺に行くか山でハイキングをするかを決めた、朝のあの瞬間にまで戻ろうとするのではないだろうか。

（『リンゴZ』九〜一〇頁）

しかし、あの朝に戻ってもまた海に行くことを選んでしまったら同じ結末を迎えてしまう。だからもっと前に、もっともっと前に戻るしかない。しかしどこまで戻っても、結局のところ自分は海にいくことになってしまう。そしてジネヴラは言う。

そしてあなたは救済のキーを押しつづけるだろう。するとある時点で運命というものを知る。そのときあなたは、これまでの人生をずっとただ速足で、一歩一歩に注意を払うことなく進んできただけだったことに気づく。母の体から離れて産声を上げたとき、あなたの中に生じた最初の虚無からただ前へ前へと向かって。

（同書一〇〜一一頁）

産声。ここまでにすでにリンゴ、Z、波、というつながりの薄い言葉の組み合わせに食傷気味であるところにさらに、産声。読み手にずいぶん負荷をかける導入だと思った。そしてジネヴラという人は、読み手への配慮が少なくずいぶん乱暴な書き方をする人だ、とも思った。ジネヴラのこの回顧録をおもしろいと思いながらも、正直序文についてはずっともてあましていた。タイトルも表紙の波の写真も、全部この序文に由来するけれど、でもなんでこんな序文をジネヴラは書いたんだろう、と。しかしエルサの『アラチェリ』を読んで、序文の謎が解けた。

エルサの最後の小説となった『アラチェリ』は、四十代の男の語りからなる長篇小説である。男は、母アラチェリの生まれ故郷アンダルシアの町へと向かいながら自分の幼少期を回顧する。母に溺愛された幸せな日々、幼くして視力が悪くなり眼鏡をかけたときの母の幻滅、じょじょに失われる母の愛。母は男たちとのゆきずりの関係におぼれるようになり、しまいには家を出て娼館に逃れ、不意の病により亡くなる。母、そして生きることへの恨みばかりで綴られている救いのない作品で、この作品を嫌う批評家も多い。

その語り手が、ミラノの空港に向かう途中、スペインのフランコ政権を糾弾するポスターを目にする。そこには死刑宣告を受けたバスクの若い兵士の顔が写っている。一方のフランコ将軍は老いさらばえながらもあさましく死に抗っているのに……。いったいどのようにして人の死に方は決まるのだろうか、ふと語り手は疑問に思う。そして、死に至る人生が無意識の選択によって作られていることに気づく。人生の瞬間をひとつひとつ後戻りしたらどうなるだろうか……。

一九四五年夏。爆撃で半分倒壊したティブルティーノの父の家を、ぼくが最初で最後に訪れたとき。窓は閉めきられ、甘ったるい悪臭が満ちている。父のほったらかしの髭の下には不潔な白い肌。空っぽなのにもぐもぐ動く口。ひっこめた父の手の冷たい汗……あの哀れな笑みを浮かべ……。

……その少し前、同じ日。めんどりの鳴き声に似た笑い声、鏡の前で、張りの失われた顔にへんてこな女中風の新しい帽子を試しているときのモンダおばさんの声。そして頭から帽子を急に引っ剥がす、まるでちぎってしまうように……。

……もっと戻って、一九四〇年頃のローマ、ある日曜日の遅い夕暮れ。イタリア通りの僕らがいつも行く汚い教会で、頭を剥き出しにした（冒涜的な挑戦）ぼくの母さん。ろうそくが奉納された背後の小さな祭壇から一筋の光が差し、身廊には奇妙な形に影が映っている。隈で縁取られた母さんの目は黒くて空っぽのとても大きな穴のよう。そしておでこには魔法の矢のように眉が一本につながって横に走る……。

……さらに戻って、もっと時間を戻って。四十三年前の一一月四日、午後三時。それはぼくが生まれた日時、彼女からの最初の別離のとき、見ず知らずの手がぼくを彼女の膣からはぎとり彼らの攻撃にぼくを晒す。そのときぼくの最初の泣き声が聞こえた。子羊に典型的なあの泣き声、医師たちは生理学的に説明するだろうけど、ぼくにはそれはおろかなことにしか思えない。ぼくはほんとうのところ知っている。ぼくの泣き声が本物の泣き声だったことを。絶望的な悲嘆の泣き声だった。ぼくは彼女から離れたくなかったんだ。すでに知っていたに違いない。あの血にまみれたぼくらの最初の別離にまた別離が続き、また続き、そして最も血にまみれた最後の別離に至ることを。生きることが意味するのは、別離の経験だ。

（『アラチェリ』一一〇頁）


ジネヴラの序文と重なる。人生をどんどんさかのぼっていくと、最初の別れ、母の体から引き離されたときに至るのだ。生きることは愛する人たちと会うことであるが、その愛する人たちと別れることでもある。それは死別に限らない。けんか別れしたとき、そばにいる人の心が離れたとき、抱き合った体を離すとき、そして母の体から生まれいでるとき。あらゆるところに別れはある。

第二章で述べたことだけれど、『リンゴZ』は約十年にわたってさまざまな媒体に発表された文章を集めたものである。それぞれの文章を書いているときのジネヴラは無意識だったかもしれない。しかしあるとき自分が書いた文章を読み返すと、かつて交友をもった大事な人たちについてのことばかりであることに気づく。そのほとんどがもはや会うことの叶わない人たち。さみしいのは、みなが死んでしまったからなのだろうか。あの人が生きていたあの時に戻れば、さみしさはなくなるだろうか。いや、さみしさは出会いに内在するものに違いない。人と出会うということは人と別れることなのだ。愛した人たちとの思い出を書くということが結局のところ別れを書くことになるという残酷さに打たれる。そしてこの残酷さをとことんまで書き切った作品『アラチェリ』を思い出し、これに着想を得て自身の回顧録の序文を書いたのではないか。

アガンベンとジネヴラ、それぞれの回顧録にとってエルサの言葉が大事な支えとなっているようだ。おもしろいというか、やっぱりと思うのは、アガンベンが支えとするのはエルサの詩、ジネヴラはエルサの小説であるということだ。第二章で、ジネヴラには小説への志向が、アガンベンには詩への志向があるように感じると書いたが、エルサへの惹かれ方にもその違いが表れているようである。そしてもうひとつおもしろいのは、アガンベンが引用した詩では愛は知をもたらすよきものであるのに、ジネヴラが参照した小説では愛は苦しみと分かちがたくあるということだ。もちろん愛にそのふたつの側面があることは誰しもが認めるところではあろうけれど、エルサにおいてはそのふたつが、溶け合うことなく無理やり同居させられているような印象があって、エルサの作品を読みながら、この人は二重人格なのではないかとすら思った。エルサの中長篇作品の多くでは、親の子への愛、子の親への愛の報われなさが執拗と言ってもいいくらいに繰り返し描かれ、愛の残酷な側面を強く感じる。そのような部分に触れると、なんでわたしは生まれてきてしまったんだろう、生きるってさみしいことばかり、生まれてこなければよかったのに、とふだんは蓋をしている悲しみがひっぱりだされる。でも作品のところどころで、そんな悲しみを越えた高い次元の愛と、それがもたらす穏やかさのようなものがとつじょとして現れることがある。エルサの愛のこの極端な二面性はなんなのだろう。

この二面性が凝集して詰めこまれたような一篇の詩がある。アガンベンはエルサのその詩を、エルサが「みずからを激しく剥き出しにして、その思想を深く表現した」詩であると評し、自身の回顧録の終盤でとりあげる。「F．P．とI．M．の歌」という奇妙なタイトルのその詩を最後に見てみよう。

「F．P．とI．M．の歌」は全三章からなる詩で、一九六七年、文芸誌『ヌオーヴィ・アルゴメンティ』において発表され、その翌年、詩集『子どもたちによって救われる世界』に収録された。奇妙なイニシャルF．P．とI．M．が何かは、詩の第一章「説明的序文」の冒頭で説明される。F．P．は「わずかの幸せな人（Felici Pochi）」でI．M．は「たくさんの不幸な人（Infelici Molti）」の略語である。すべての人間は、F．P．かI．M．のいずれかに分類され、そのいずれであるかを見分けるには、その人が幸福であるかどうかが目印になるそうだ。そして具体的なF．P．の例として十人の人物の名が挙げられる。『書斎の自画像』には、この十人の神々の名が記載された詩の一ページの写真が掲載されている。文字を囲った四角が十個、十字架状に配された奇妙な図の写真である。四角の中をよく見ると人物名とその人物がどのように亡くなったかが書かれている。グラムシ、ランボー、ジョルダーノ・ブルーノ、ジャンヌ・ダルク、ジョヴァンニ・ベッリーニ、プラトン、レンブラント、シモーヌ・ヴェイユ、モーツァルトそしてスピノザ。時代も性別も生まれた地もさまざまな人物たち。
続く第二章は「(F．P．へ)」と括弧付きのタイトルで、F．P．の苦難に満ちた人生が描写されながら、その存在を讃える言葉が連ねられる。先ほど挙げた人物の名前からわかるように、F．P．は世俗の幸せを求めず、政治や宗教を批判するような発言を行うこともあり、監獄に囚われたり、火刑に処せられたりと不穏な人生を送った者が多いのだ。けれど第二章はあくまで括弧つきの章であり、続く第三章が本題で、「I．M．へ」というタイトルがついている。そこでは、時代が下るにつれて増えているI．M．つまり「たくさんの不幸な人」が次のように語られる。

見たところ、年々
〈わずかの幸せな人〉は減っていき
どんどん不幸になっていく。
そしてご存じのとおり
〈たくさんの不幸な人〉は
自分たちのなくてはならない巨大な幸福を

製造し商売し設立し組織し分類し宣伝するのに大忙しで、
〈わずかの幸せな人〉の、
少数派の
不要な不幸を気にする余裕を持たない。
でもいつだって気づけるはずだ、
何世紀にもわたってつきまとう不安な現象に。
ほんとうのところは、なぜだか知らないけど
〈わずかの幸せな人〉の不幸は
ずっと幸福なんだ、〈たくさんの不幸な人〉の
幸福よりも！
〈たくさんの不幸な人〉の幸福は
楽しくない！　けっして楽しくない！
どんなにがんばっても、
〈たくさんの不幸な人〉はあきらめるしかない、
《やつらの幸福は真っ暗なんだ！》これはきまったことなんだ！

そして〈わずかの幸せな人〉の不幸は、
逆に楽しい！　**《楽しい！》**
だから、どんな場合でも、楽しい。北極圏でも、コンゴでも、あるいは人喰い鬼と人喰
い人種にはさまれたって
楽しい！
（『子どもたちによって救われる世界』一一三頁）

このあともしばらくF．P．を称え、I．M．を貶す言葉が続く。殺されたF．P．の青年の声は「『魔笛』の超克のテーマのように」「眠っているふりをしている美しき少女の部屋の窓の下の二十のマンドリンと少年たちのように」楽しく、I．M．は「引退したお巡りさんが便所でヒューヒュー練習する口笛のように」「鱗屑（りんせつ）と炎症に効くせっけんのテレビCMで流れる音楽のように」悲しいと。このようにI．M．の存在がいかに虚しく哀れであるかについての言葉が延々延々と続き、もううんざり！　と詩集を手放したくなったところで、とつぜん調子が変わった。終盤のこのくだりから、アガンベンも『書斎の自画像』に引用している。

でも読むことができるすべてのものには、

つねに隠された別の読みがあって、
生きている者たちが暗号表を失えば、
文章の書き手もそれを失う、
どんなに神が呼び求められても。じっさい生きている者たちがこの唯一の神の家であり、
もしこの者たちがその窓を閉じたら、家の住人は
盲人のまま。
私たちは、目という明かり取りを開かねばならない
住人の目が見えるように。
たぶん、
天にましますは彼方にいることを意味するのではないし、
別のどこかということでもない。たぶん、二重の
図像である地で行われることが天でも行われますようにはさかさまにも読まれうる、
自らの鏡で二重になったひとつの図像であるのだから。
たぶん、子どもに戻りなさいが教えるのは、終末の究極的知性が
はじまりに自らを認めることにあるということ。そして、神秘なる三位一体は、

生みながら、自らを生み出す種において明かされる、
自らの汚れなき死から流れ続ける血とともに。
きみの隣人については、
きみ（これを書いている半分I．M．のきみにも話してるんだよ）は
もちろん見つけだせる、どこからともなくやってきて生まれ、
そして死に、どこへゆくかもわからない者たちの中に。
誰も、この人を苦痛から救うすべも死から逃れさせるすべも持たないけれど。
父も母も、天にも地にも。
ジプシー、ただそれだけ。ただの
きみ。
そしてここでむしろ洞窟の匿名者は納得する、
難しい命題あなたのように愛しなさいにおいて、
のようにはであるからとおなじように読まなくてはならない、と。なぜなら
他者――他者たち（F．P．とI．M．、サピエンスとファーベル、犬とひきがえる、そし
　てすべての死すべき者たち）は

すべてきみ自身だから。きみに似た人でも同等の人でも仲間でも兄弟でもなく、
まさにそのただ一人の
《きみ》
《自身》
（『子どもたちによって救われる世界』一二三頁）

隣人を愛しなさい、なぜならそれはあなたであるのだから。F．P．とI．M．を分断するかのような言葉を連ねてきたエルサだけれど、ここに来て、最終的な意図が分断にはなかったことがとつじょ見えてくる。聖書には「あなたの隣人をあなた自身のように愛しなさい」とあるが、「あなた自身のように」ではなく、「あなた自身であるのだから」愛さなくてはならないのだ。すべての他者はきみであるから愛しなさい。ここにおいて、わたしとあなたの区別は消滅する。

これまでエルサの小説を読みながら、本来なら心が通じ合うことなどありえない者たちのあいだに心が行きかうような不思議な場面にはっとさせられることがあった。たとえば、第二次世界大戦の渦中から戦後までを描いた六百ページを超える大長篇『歴史』。戦争を生き延びた主要登場人物が、戦後さまざまな方法ですべて死んでしまうというあまりに残酷な結末

を持つ作品なのだが、その冒頭で行われるドイツ兵による主人公のレイプは、偶然の重なりによって、なぜか恋人たちの交わりのような優しいものになる。主人公は穏やかな夢の中にいるような幸福を感じる。また、主人公の息子の恋人は、やはりドイツ兵に乱暴されるのだが、その兵士に腕をひかれるときに愛情をもって抱きしめられる感覚を覚え、みずから進んで兵士の胸に頭を寄せる。しかしその後、惨殺される。病、貧困、暴行、拷問、そして多数の死の詰まった作品の中で、しかし残酷な行為と紙一重の場に奇妙な幸せの瞬間が描かれていた。

人のえり好みが激しかったエルサであり、すべての人を自分自身として愛するなんていうことはできなかったはずだ。特に言語を身につけた大人を嫌っていた。だから他者を自身として愛そうと失敗し、左右のバランスが大きく崩れることもあった。大きく傾き、全体が悲劇的な色に染まってしまったのが、ジネヴラが『リンゴZ』の序文でよりどころとした『アラチェリ』であったのだろう。

アガンベンが支えにしたエルサの詩と、ジネヴラが支えにしたエルサの小説での愛の印象の違いは、この左右のおもりのあいだでのゆらぎがもたらしたものに違いない。

ところで「F．P．とI．M．の歌」を読みながら気になったことがひとつある。エルサは自分をF．P．とI．M．のいずれと考えていたのだろうか。F．P．であってもI．M．であっても、I．M．に対する悪口を執拗に述べたりしないのではないか。

答えは詩の中にあった。「半分I．M．であるきみ」と。エルサは半分I．M．、つまり半分不幸な人なのだ。じつはそれが一番苦しいことであるはずだ。F．P．はその定義からして幸せな人たちであり、一方のI．M．は自分たちの不幸に気づかず偽りの幸福に浸っていられるからだ。半分不幸な人は、自分の不幸を感じながら生きるしかない。でもきっと、その不幸の中でもがき、悲劇的な愛と喜劇的な愛のあいだで揺れつづけた人が書いた作品こそが、わたしたちを偽りの幸せから目覚めさせてくれる。

付記

＊「原爆に賛成か反対か」の講演録は以下に収録されている。Elsa Morante, *Pro o contro la bomba atomica e altri scritti*, Milano, Adelphi, 2013, p.95-117.

＊エルサに関する伝記的事項は以下を参照した。René de Ceccatty, *Elsa Morante*, Vicenza, Neri Pozza,

2020. Giuliana Zagra, *La tela favolosa*, Roma, Carocci, 2019.

＊文書管理の専門家ジュリアナ・ザグラにより、エルサの遺品が集められてローマ国立図書館に収蔵されている。同図書館では二〇〇六年、そして生誕百周年の二〇一二年にそれらを紹介する展覧会が開催されている。二〇〇六年の展覧会「エルサの部屋」は、デジタル版がオンラインで公開されており、エルサの書斎の風景や手稿の写真が豊富に掲載されていてたいへんに愉しい。La stanza di Elsa: http://193.206.215.10/morante/index.html (last access on 2022.9.29).

＊エルサは「F．P．とI．M．の歌」のスピノザの欄に、四十五歳で死亡と記しているが、上野修『スピノザの世界』などによれば、享年は四十四。

＊エルサとスピノザの関係が気になる。「F．P．とI．M．の歌」の中で、F．P．を並べた十字架の一番上にスピノザが挙げられているのだ。一七世紀アムステルダムのユダヤ商人の家庭に生まれ、その思想の過激さからユダヤ人共同体を追放された哲学者スピノザ。わたしはかつて人から、きっと好きだと思うから、となぜかスピノザを読むよう勧められ、言われるがままその著書『知性改善論』『エチカ』を読み、変な言い方だけれど、すっかりスピノザの世界にはまったのだった。以来、スピノザの説く神を心のよりどころのように大事にしてきた。だからエルサがどんな思いを持ってスピノザをF．P．のトップに据えたのか気になったのだ。本文で引用した「F．P．とI．M．の歌」の終盤部分にはスピノザの思想の影響が見られ、十字架のトップに置かれているのは偶然ではないだろう。

　アガンベンも同じことに興味を持ったらしい。一九九三年、ペルージャで開催されたエルサについての研究大会で、彼はまさにエルサとスピノザの思想の関係をテーマに発表を行っていたのである。発表のタイトルは「隠された財宝の祝祭」。講演録が『イタリア的カテゴリー』に収録されている。発表は、エルサの死後、彼女が読んでいた『エチカ』をアガンベンが譲り受けたというわくわくするエピソードから始まる。その『エチカ』は、一九六三年に出版社サンソーニから刊行されたもので、星印、下線、疑問符、感嘆符などたくさんの書き込みがあったそう。そのうちの、第四部定理三七の備考に付けられた「ああ、バルーフ！　残念だけれど、この部分、きみは《わかってない》」という書き込みにアガンベンは注目したと言う（バルーフは、スピノザのファーストネーム）。びっくりした。わたし自身『エチカ』を読んだときに同じ箇所に書き込みをしていたからである。ここでスピノザはこんなことを言っている。「動物の屠殺を禁ずるあの掟が健全な理性によりはむしろ虚妄な迷信と女性的同情とに基づいていることが明らかである。我々の利益を求める理性は、人間と結合するようにこそ教えはするが、動物、あるいは人間本性とその本性を異にする物、と結合するようには教えはしない。むしろ理性は、動物が我々に対して有するのと同一の権利を我々が動物に対して有することを教える。否、各自の権利は各自の徳ないし能力によって規定されるのだから、人間は動物が人間に対して有する権利よりはるかに大なる権利を動物に対して有するのである。しかし私は動物が感覚を有することを否定するのではない。ただ、我々がそのため、我々の利益を計ったり、動物を意のままに利用したり、我々に最も都合がいいように彼らを取り扱ったりすることは許されない、ということを私は否定するのである。実に彼らは本性上我々と一致しないし、また彼らの感情は人間の感情と本性上異なるからである」（『エチカ（下）』五七〜五八頁）と。動物は人間のような感情を持っていないのだからいじめてもよいと言っているみたいではないか。ここを読んだわたしはいきなりビンタを喰らわせられたように憤慨した。そして「動物飼ったことなさそう」と書き込みをしたのだった。

　アガンベンはエルサの書き込みの話をしたあと、このときスピノザに異議を唱えていたエルサが、なぜのちに「F.P.とI.M.の歌」を書いたときに、F.P.の例を示した十字架のトップにスピノザを据えたのかという問いを立て、エルサのエッセイの中にエルサとスピノザの和解の跡を見つけようとする。ドキドキしながら、その探索の道筋を追った。が、途中で躓いてしまった。アガンベンが引用するエルサのエッセイにあたりながら何度も読みなおしたものの、アガンベンの言うとおりに辿ることができなかった。論のどこかがずれているような気がする。どなたか同じ道筋を辿ろうとする方のための参考情報として、アガンベンが引用したエルサのエッセイ（「地上の楽園」「動物の真の王」「天国の幸多き（ベアート）宣伝屋」）がすべて以下の本に収録されていることを記しておく。Elsa Morante, *Pro o contro la bomba atomica e altri scritti*, Milano, Adelphi, 2013.

＊前章の付記で、翻訳家中井秀明の文章を引用しながら、ロラン・バルトは幸福であることを維持するために小説を書かなかったということを書いた。エルサ・モランテが「半分I.M.」であることは、おそらくこのことと対の関係にある。義務感に突き動かされて小説を書きつづけた彼女は、もっとも苦しく不幸な道、「半分I.M.」である道を歩んだ。

第七章　作家、ホセ・ベルガミン

ここまでジネヴラとアガンベンの友達であるジョルジョ・マンガネッリ、インゲボルク・バッハマン、エルサ・モランテにひとりずつ登場してもらったけれど、友人をお招きするのは本章で最後、ホセ・ベルガミンで終わりにしたいと思う。『書斎の自画像』に写真が掲載されている、とぼけた顔のおじいさんである。

『書斎の自画像』は写真の豊富な本ではあるけれど、ジネヴラですら三枚のスナップショットに写り込んでいる程度であるのに、ベルガミンは、アガンベンとのツーショットが二枚（八二頁）、路上にひとり佇むピンボケ写真が一枚（八六頁）、顔のアップが一枚（七八頁）、その顔写真が写り込むアガンベンの書斎風景の写真が一枚（四頁）、ベルガミンが書き込みをした本の一ページを写した写真が一枚（七九頁）、ベルガミンの詩が印字された紙切れを写した写真が一枚（八〇頁）と、計七枚も関係する写真が掲載されているのである。一読したときから、アガンベンにとってとりわけ大事な人に違いないと思っていた。写真の数だけではない。アガンベンがベルガミンについて語るときのその語り口も印象的だった。

ジッリョ通りの書斎の右側にあるガラス戸つきの棚に、ホセ・ベルガミンの写真が見える。〔中略〕彼との出会いはいつも喜びの星のもとに起こり、喜びはつどつど姿を変えるも強烈で、まるでこんな喜びはありえないし許されるものではないとでもいうように、わたしたちは信じられないような、自分がまったく変わってしまったような気分になって、軽やかな足取りで家路についたものだった。（『書斎の自画像』七七頁）

昨夜の夢。わたしはペペ〔渡辺註：ベルガミン〕と何人かの人たちといっしょにスペインの彼の家にいた。〔中略〕わたしたちは幸せだった。夢のどの瞬間も喜びに満ちていて、ほぼ意識的にわたしは終わりがくるのをなんとか遅らせようとしていた。あたかもその喜びが夢を作る素材であるかのようで、わたしの精神は何があっても素材を紡ぐのを止めてはならなかった。ついに目が覚めると、その夢を作っている喜びはほかでもなくぺぺだったことに気づかされた。

（同書八一頁）

ベルガミンと時を過ごすときのアガンベンの喜びが素直に伝わってくる。なんのためらいもなくベルガミンを慕っていたことがわかる。この記述を読んで、わたしは宗教画のように神々しい空間を想像した。光の満ちた空間に人々が集う。中央にはベルガミン。でも堂々と立派な姿などではなく、背中を丸めて椅子にちょこんと座っている。かたわらのアガンベンの心は歓喜に満たされる。

一方のジネヴラ、彼女にとってもベルガミンは特別な人だった。けれど彼女の表現はアガンベンとはやはり異なり、悲しみの色を帯びる。ジネヴラたちは友達を連れてたびたびスペインのベルガミンのもとを訪れていたのだが、別れのたびに涙していたそうだ。ジネヴラはこう言う。

別れるとき、いつも私たちは泣いていた。ある日フローレンス〔渡辺註：ジネヴラにベルガミンを紹介してくれた友人〕が、がまんならない様子で言った。「いったい何がこんなにも悲しいわけ？」そうなのだ、実際のところ泣く理由などなかった。彼が死ぬのはそのときからまだ二十年も先のことであるのだから。でもその滑稽な存在感が彼をはかないものにしていた。

（『リンゴZ』五一〜五二頁）

このように調子は異なるけれどふたりの言葉の端々からベルガミンを慕う気持ちが感じられ、ふたりの回顧録を読んだわたしにはこのおじいさんが一番気になる人として記憶に残った。しかしここまで彼をとりあげなかったのは、気になるからもったいぶって最後にとっておいたというわけではない。手強そうな気配を感じて、最後までとりあげることができなかったのだ。

ふたりの回顧録を読むまでわたしはホセ・ベルガミンという人を知らなかった。名前を耳にしたこともなかった。ジネヴラが「評論家、詩人、劇作家のペペ」（同書四〇頁）と書いていることから、文章を物していた人であるということをやっと知った。おもしろそうな人なのになぜわたしはこれまで知らなかったのか。それもそのはず、調べてみると、たくさんの作品を残した人なのに邦訳されているものはただひとつ、『桂冠の詩人ピカソ』というドイツで出版されたピカソの絵画作品集の邦訳版の冒頭に置かれたエッセイだけなのである。本書を確認してみると、ベルガミンのエッセイはもともとスペイン語で書かれていて、日本語版は一度ドイツ語訳されたものからの重訳であるそうだ。アガンベンにとって大事な人であるのだからきっと思想的にも興味深い人物であろうに、翻訳が進まないというのは何かわけがあるんじゃなかろうか、とわたしは警戒したのだった。

こうして、マンガネッリたちについて書くかたわら、わたしはしょっちゅうベルガミンのことを思い出し、この人についてどんなことを書けるかな、と思案していた。ジネヴラの文章からわかるのは、評論家、詩人、劇作家だったことのほか、ぺぺという愛称を持っていたこと、マドリッドに暮らし、しかし国外追放に（たぶん二度）あったこと、晩年は娘とバスク地方のサン・セバスティアンで暮らしたということ。あとは、ほかの友人たちと同様か、あるいはそれ以上にたくさんの苦笑してしまうようなエピソードが記されている。

ベルガミンはこう主張していた。人は、六十歳になったら自殺をしてもよく、七十歳になったらした方がよく、八十歳になったらしなければならない、と。だから本人が八十歳になったときには、バルコニーに出て、走って勢いをつけて手すりを越えようとした。

しかしバランスを崩して後ろに倒れ、脚を骨折してしまった。これがベルガミンの自殺未遂の顛末である。（同書四六頁）

彼が話してくれた。ある日、マドリッドの通りを歩いていると、娘のテレサが車の下敷きになるのが目に飛び込んできた。叫びを上げて駆け寄った。周りの人たちが娘をひっぱりだして、病院に連れていこうと車に乗せてくれた。自分も車の前に乗せてもらい、いっしょに救急病院に向かった。うしろを向いて、毛布にくるまれたおとなしい体にむかって呼びかけつづけた。病院では手術室の前で待つと言い張ってベンチに座り、涙を流しながら「ああ、娘よ、娘よ」と心の中で叫んだ。

ついに看護婦が出てきて、こっちにやってきた。

「お名前は?」訊かれた。

「ホセ・ベルガミンです。娘はどうですか?」

「娘さんのお名前は?」と看護婦がしつこい。「テレサです」言った。「事故にあったお嬢さんは違う名前です。あなたの娘さんではないですね」。

よろめきながら病院を出た。そしてペペは話をこう締めくくった。「想像というのはひどいものだよ。言葉でなくて、想像が人をだますんだ」。

（同書五〇頁）

娘のテレサとサン・サバスティアンに移り住み、バスク独立運動に彼なりのやり方で参加することで生き返ったようだった。彼なりのやり方というのは、革命派の新聞に過激で危険な署名記事を出すということだった。もちろん記事とその執筆者は告発され、ぺぺは小股でちょこちょこ歩いて裁判所に出頭し、供述を行った。裁判官は彼のことを知っていたのでなんとか説得しようとした。「ドン・ぺぺ、当該記事はあなたが執筆したものではありませんよね、あなたのものではないですよね！」

「なんと」憤慨して言った「私がこれまで書いたものでもっとも素晴らしい文章だと言うのに！」

有罪の判決が申し渡されるが、高齢のために不起訴となった。そしてぺぺは家に帰った。

（同書四六ページ）

興味深い話ではあるが、これだけではベルガミンのことはよくわからない。本人の作品を読んでみるしかないだろう。スペイン語での執筆が主だったようだが私はスペイン語が読めない。彼の作品のイタリア語訳を探してみたところ、五冊見つかった。少ない……。邦訳はなくてもイタリア語訳はもっとあるのではないかと想像していたものだから、この数の少なさにわたしの警戒レベルはぐんと上がった。彼の文章には翻訳しづらい何かがあるのかもしれない。しかしともかくもそのうち四冊を入手した（一冊は目ぼしいオンライン書店・古書店に在庫がなく、手に入れられなかった）。

『文盲の衰退』という奇妙なタイトルの一冊がある。一九七二年にミラノのルスコーニという出版社から翻訳刊行されたもので、三つのエッセイが収められている。それぞれのエッセイのスペインでの発表年は一九二三年、一九三三年、一九三四年であり、半世紀近く経ってからのイタリアでの刊行となる。序文はジョルジョ・アガンベン。

そのうちの表題作「文盲の衰退」を読んだ。ベルガミン自身が創刊を手伝って編集を行なっていた文芸誌『クルス・イ・ラヤ』の一九三三年第三号に掲載された文章である。

「すべての子どもは、子どもであるかぎりは文盲である」という一文から始まる。ベルガミンは言う。文字を覚える前の子どもは文盲の心を持っているが、その文盲の心は、文字に触れることによって傷つけられ、するとその心はもはや感動に震えなくなる、と。タイトルからある程度は予期できたことであるが、それにしても文芸誌の読者の意表を突くような出だしである。ふつう、文芸誌の読者というのは文字を読むことが大好きな人たちであるはずだ。そういう読者に向かって文字を否定するようなことを言うとはどういうことか。ベルガミンは、子どもにとって文字がどんなに危険なものであるかをこんなふうに表現する。

子どもの手に字引きを持たせることは、針山やマッチ箱や髭剃りの刃の箱を持たせるよりも、その子の生命にとって危険である……。子どもを惑わすために、文字の下に絵が添えられていたらもっと危険である。ねこ、ちょう、かもめ、ぞう……。こうすることでやがて子どもはおずおずと、すべてのものを字引きで見たように、あるいは字引きで学んだような見方で、受け取るようになっていく。つまり、文字の下に世界を見るのだ。こうして子どもはすべてについて陳腐で偽りの文字の意識を持つ。これが、文字が精神に与える最初の一撃である。決定的な一撃である。文字は、子どもの文盲の心をそのよく切れる短剣で貫く。一度傷つけられた文盲の心はもはや癒えることはない。精神的に震えることはない。

（『文盲の衰退』四一頁）

文芸誌に掲載された評論家の文章と思って読みはじめたからぎょっとしたが、しかし考えてみれば、文字を覚えることで感受性が鈍くなるということだったらわからないことはない。たとえば美術館に行ったとき。絵ではなくて横に添えられた解説ばかりを一生懸命読んでいる自分に気づくことがある。自分はここで何をしてるんだろう。解説はカタログでも読める。なのになんで美術館にまで来て絵を見ないで文字を読んでいるんだろう。自問する。でもなぜかわたしの目は文字を追いかけてしまう。文字に頼って、絵の見方に方向性を与えてもらおうとしているような気がする。すでに存在する情報や知識というものに頼る癖がついていて、自分の目や心で受け止める力が弱っている。つまらない。

とはいえ、ふつうは文字の読み書きができることはよいこととして受け入れられている。だから親は子に本を与え、学校では児童に国語を教える。そして文字を覚えたからこそわたしはこうしてベルガミンの文章を読むことができ、なんといってもベルガミン自身が古今東西のさまざまな本を読んで、そして文章をたくさん書いてきたのである。文盲の衰退なんて言葉で一般的な価値観を逆転させ、読者を驚かせることが狙いか。いやあのとぼけ顔にはもっと何かあるはず、と先を読んでいくと、やっぱり。たんに文字を知らないことを文盲と言っているわけではないようなのである。「文盲の思想の偉大なる師、ミゲル・デ・ウナムーノは」（同書四八頁）とあるのだ。詩や小説、評論を書いたウナムーノが文盲の思想の師であるとはどういうことなのか。

精緻に論が進められているわけではないからここで要点をかいつまむのは難しいのだが、ベルガミンは、文字に相対する概念として「言葉」を持ち出し、言葉が優位な状態を「文盲」、文字が支配的な状態を「文盲の衰退」と言っているようなのである。

では文字に対置された言葉とは何か。わたしが読んでいるイタリア語訳ではパローラという語で表されている。パローラは、たとえばある文書の「単語数」というときの「単語」、「言論の自由」というときの「言論」にあたる語である。この語はふだん、書かれたものにも口から発せられたものにも使われるのだけれど、ベルガミンがここでこの語を用いるときには後者、人の口から発せられたもの、人の体に結びついた具体的な存在であることを強く意識しているようなのだ。人の体から切り離された抽象的な存在である文字と区別されている。

ややこしいのは、ベルガミンにとっては、身体に結びついた言葉が紙に書き留められた場合もそれは文字ではなく言葉であるということである。だから、紙に書かれた文章の中には、文字と言葉の両方がありうるということになる。先に挙げたウナムーノの例で言えば、彼は自らの思想を紙に書きしるす場合も文字ではなく言葉を用いた、ということになるだろう。そしてベルガミンは、一八世紀啓蒙の時代に文字による言葉の迫害が始まったと言う。「文字は、泥棒のように、人からいきいきとした言葉を奪う。泥棒のようにこっそりと」（同書四二頁）。
　では、いきいきとした言葉はどこに存在しているのだろうか。ベルガミンは、文字を覚える前の子ども、文字を知らない民衆のほかに、「詩」を挙げる。

あらゆる詩は人の言葉である。魂、呼吸、精神であり、野の花の栄光しか持たない。しかしそれは生きている本当の言葉である。音楽でも文字でもなく、言葉である。
（同書五〇頁）

　ベルガミンは何を言おうとしているのだろう。なんとなくわかる気はするのだけれど、うまく自分の言葉に置き換えられない。頭を悩ませながら、わたしは日本の詩人による文章を思い出した。詩と散文の違いを語る荒川洋治の次の文章である。

白い屋根の家が、何軒か、並んでいる。

というのは散文。詩は、それと同じ情景を書きとめるとき、「白が、いくつか」と書いたりする。そういう乱暴なことをする。ぼくもまた、詩を読むのはこういう粗暴な表現に面会することなので、つらいときがある。だが人はいつも「白い屋根の家が、何軒か、並んでいる」という順序で知覚するものだろうか。実は「何軒かの家だ。屋根、白い」あるいは「家だ。白い！」との知覚をしたのに、散文を書くために、多くの人に伝わりやすい順序に組み替えていることもあるはずだ。

詩は、そのことばで表現した人が、たしかに存在する。たったひとりでも、その人は存在する。でも散文では、そのような人がひとりも存在しないこともある。「白い屋根の家が……」の順序で知覚した人が、どこにもいないこともある。いなくても、いるように書くのが散文なのだ。それが習慣であり決まりなのだ。〔中略〕散文は、果たして現実的なものなのか。多くの人たちに、こちらの考えを伝えるためには、多くの人たちにその原理と機能が理解されている散文がふさわしいことは明らかだ。だが、散文がどんな場合にも人間の心理に直接するものなのかどうか。そのことにも注意しなくてはならない。

（『詩とことば』四四〜四五頁）

この文章が置かれている節には「散文は『異常な』ものである」という題がついている。荒川洋治のこの文章を読んだとき、通常の感覚を逆転させる表現をおもしろいと思った。わたしはそれまで詩が変で特別なのであって、散文がふつうだと思い込んでいた。でも散文を書けるようになるまでの苦労を思えば、それはけっして人間の生理にとってふつうなことではないはずだ。たとえば秋の朝。家を出て歩き出した瞬間にわたしは「あっ」とある感じを抱く。感じたものを散文にすれば、「この乾燥した秋の空気にイタリアの朝を思い出す」となる。でもこの後者の表現は、わたしが知覚したものを、これまでの教育で身につけた正しい語順、正しい文法によって置きなおしたものであって、その表現はわたしの中にもともとあったものではない。つまり文章の中にしか存在しない表現なのである。わたしたちの生理をふつうなものと捉えれば、むしろ正しい語順や正しい文法で書かれた散文の方が異常なのではないか。そしてその正しさから外れたところで書かれた詩の方がふつうということもありうるのではないか。

荒川洋治が対比しているのは詩と散文だけれど、その違いは、ベルガミンの言う言葉と文字の違いに類するものではなかろうか。前者（詩＝言葉）は人の体に結びついているが、後者（散文＝文字）は人の体との関係が断ち切られている。そしてベルガミンも荒川洋治も、後者によって世界が埋めつくされ、その状態こそがふつうでよき状態であると思わせられてしまっていることを警戒する。だからふたりは一般的な価値観を逆転させるような表現をとったのではないだろうか。文盲が進化して文字が読めるようになるのではなく、文盲が衰退してしまったから文字に頼ってしまう。散文がふつうで詩が変なのではなくて、散文のほうが異常なのだ、と。このような表現をとらなければならないほどに、後者の支配力は強い。そしてベルガミンは、詩にも文字が侵入してきていることを恐れる。

詩の文体の文学化というものがあった。繊細な蒸留器にかけられ、詩は文学的に除菌され、殺菌されてしまった。思考を想像力豊かに殺菌しながら。蒸留された、あるいは殺菌された詩は、もはや純粋な詩ではない。それは文字化され、文学化された詩である。
（『文盲の衰退』四三頁）

文字は詩にもわたしたちの思考にも忍び入る。詩も思考も、文字によって展開されるようになると衰退の道を歩む。そしてベルガミンは次の文章でこのエッセイを終える。

文化の識字、識字化は、言語活動にとっての敵だ。言語活動はそれ自体としても精神としても死んでしまう。それは言葉の敵だ。識字は、あらゆる精神的言語活動の敵なのである。つまり、結局のところそれは詩の敵である。なぜなら本当の文盲こそが言語活動を産出する精神性であるのだから。それこそが、民衆の、民衆の詩と思考の創造的精神である。

（同書六五頁）

文字によって言語活動が死ぬ。衝撃的な結末である。けれどわたしは、ほんとうに自分の体から出てきた言葉を書きとめることが、いかに難しくて勇気のいることであるかを知っている。日常の生活や仕事で目にする文章のほとんどは、その困難を回避し、安穏に綴られたものでしかない。書き手は、仕事だから、多くの人に理解してもらう必要があるから、と選んでその方法で書いているつもりかもしれない。しかしそんなことを続けているうちに、わたしたちの心もまた正しい文法、正しい語順の範囲でしか感じることができなくなってしまう。そしてそこにあるのは、言語を使って表現するということそのものの死。

文字を書き、文章を綴りながらも、文盲の思考を取り戻そうとするベルガミンの文章を読んで、わたしは日本の詩人を思い出すと同時に、ジネヴラとアガンベンの友人たちを思い出した。言語の支配力を打ち砕こうとして通常では考えられないような語や文の結びつきによる小説を提示したマンガネッリ、自分自身を自我の実験場とする詩人であろうとしたバッハマン、言語という知恵を身につけた大人を嫌いながらも書きつづけたエルサ。考えることはそれぞれ少しずつ異なりながら、しかしみな、自分が相手としているものがただよきものではなく毒にもなりうることに気づき、心の底から恐れ、しかしそれと格闘しつづけた。

わたしはベルガミンのこの文章を読んで、実作者のものであると思った。安全な場所から批評を行なうのではなく、実作者として、自分が扱うものの恐ろしさを知っている人の文章であるように感じた。

一筋縄ではいかない文章に付き合ってやっとベルガミンのことがわかってきた……と、ほっとしたのも束の間。イタリア語訳されたほかの本を読み、残念ながらそれが大間違いであることがわかった。このおじいさんは、捕まえたと思ったらすり抜けていく人だったのである。

『文盲の衰退』よりも十年近く前にイタリアで翻訳刊行された『詩という地獄への入口』という詩論を読もうとし、わたしはその淡々とした文体に読むのをあきらめた。セネカ、ダンテ、シェイクスピア、セルバンテス、ニーチェなどをとりあげた堅い評論なのである。ベルガミン自身も旧知の友への手紙の中で「この本は全体としてきみはあまり好きではないだろうと思う。僕もぜんぜん好きではない。『とても評論的』な本だ」(『親愛なる友マリア』九二頁)と書いている。本人が好きではない本なら読まなくていいか、と次に手にとった『美と闇』に収録された「小説の迷宮と小説的怪物：セルバンテスとドストエフスキー」というタイトルの小説論を読みはじめると、今度は小説のような書き出しにめんくらった。論文ではなくて小説そのものなのだったのかと思い直して読み進めると、じょじょに評論風になっていく。このように、ベルガミンの書く文章にはまったくもって一貫性がない。ということに、イタリア語訳された数冊を開くうちに気がついた。

こんなベルガミンをどう評すればよいのだろうか。へとへとになって一九九八年にイタリアで開催されたベルガミンについての研究大会の記録集を開き、そして笑った。主催者が会の冒頭で、ベルガミンを「スコモドな知識人」と呼んでいるのである。「スコモド」は英語のアンコンフォタブルにあたるイタリア語の形容詞で、「落ち着きが悪い」「居心地の悪い」などを意味する。つまり知識人としてどう位置づければよいのかはっきりせず、落ち着きの悪い人物であったということを言いたいのだろう。このスコモドという形容詞を見て、わたしは『書斎の自画像』にあった椅子に座っているベルガミンの写真を思い出した。背もたれも肘かけもある安定した椅子なのに、なぜか両手で顔を隠して落ち着かない様子で座っているのだ。写真を撮られたその瞬間だけでなく、どっしりと居座ることのけっしてないような人に見える。それは椅子の上だけのことではなく、学問の世界においてもそうだったようだ。

大会に参加したアガンベンの発表のテーマは、ホセ・ベルガミンにおける作者としての自我とは何かというものであった。発表の中盤で彼は言う。「ベルガミンの研究を行うときにはいつも、この作家を既存のカテゴリーに位置づけることの難しさから始めるというのが通例となっています」(『前衛とバロックのはざまのホセ・ベルガミン』一六二頁)と。つまりわたしは知らずにこの通例にはまっていたのだ。そういえば、『文盲の衰退』の序文でアガンベンは、「一、評論家と幽霊」「二、ダンディと秘儀伝授者」「三、紋章図案家と悪魔学者」と三章にわたってベルガミンに肩書を与えようと試みていたのだった。あの序文を書いた頃から四半世紀、五十代半ばにして研究大会に参加したアガンベンは、今度はベルガミンに肩書きを与えようとはしない。バッハマンやミシェル・フーコーの言葉を引用しながら、作者としてのベルガミンというものは存在しないということを論じ、ベルガミンが存在と非存在のあいだに宙ぶらりんとなった点のことを「無の点」と呼んでいたことに倣って、ベルガミンにおいて作者としての自我は無の点でしかないと言う。しかしアガンベンはここで話を終えない。一貫性のないおしゃべりのために自身の体と声を無の点に貸し与えた骨も肉もある個人はいったいなんだったのかと自問し、ベルガミンに最後に会ったときにもらった詩を紹介して次のように述べて発表を終える。「無の点における作者としての自我の要求のおかげで、言語活動という声は、身体を、肉体を見つけることができ、そして無用のおしゃべりは、永遠の沈黙に沈み込む前のほんの一瞬、特異な署名、比類なき印を見せてくれる。私たちに現れるその名は、ホセ・ベルガミン」（同書一六六頁）。自問以降の部分は飛躍があるし、個人的な思いが先行しているように感じられる。研究発表としては蛇足かな、とも思う。でもアガンベンはこの部分を加えずにはいられなかったろう。それは、作者の不在という言い尽くされたところで話を終えないために必要だったからということもあったろうし、でもそれ以上に、作者としてのベルガミンの非存在で話を終えたくなくて、その個人の存在をホセ・ベルガミンという名で呼びたかったからというところが大きいような気がする。

ベルガミンの初期の作品を分析した英国人研究者ナイジェル・デニスは、そのものずばり『ホセ・ベルガミン』と題した研究書の中でこう書いている。

ベルガミンの問題は、作家として明らかな才能を持っていると知りながらも、それで何ができるかはっきりしなかったことである。〔中略〕あとから振り返ってみれば、二〇世紀におけるベルガミンのさまざまな分野の開拓は、自分の想像力や独創性の適切なはけ口を求めていたことの印であると解釈しうるかもしれない。

（『ホセ・ベルガミン』四九頁）

なんとも明快な説明である。先ほどのアガンベンの講演の内容と比べるとだいぶ素朴な話ではあるが、ここまでベルガミンに付き合って疲れ切ったわたしにはこの素朴さがうれしい。この英国人デニス先生は、ベルガミン本人の知己を得ることができたのだが、その付き合いについて、研究書の序文の最後に控えめにこう記している。「文芸批評に対するアレルギーにもかかわらず、私のアカデミックな好奇心を寛容なユーモアで受け入れてくれて、大量の入手不可能な資料や未刊の資料を、何年にもわたって提供してくれた」（『ホセ・ベルガミン』xiii頁）と。きっとベルガミンは、デニス先生のこの明快な説明を読んだら、ただにやにや笑って聞いているような気がする。デニス先生によれば、ベルガミン自身は自分のことを「茹で蟹」と称していたそうだ。その心は「つかめるところがない」。無理につかめばやけどするよ、がんばってつかんでも食べるところはあんまりないよ、そんなふうに忠告しようとしてくれたのだろうか。手遅れである。

さて、ではわたしのこの文章のタイトルはいったいどうしたらよいだろうか。ここまでに「落ち着きの悪い知識人」「無の点」「茹で蟹」など、彼を印象づける語が見つかり、そのたびに「よし、タイトルは『落ち着きの悪い知識人、ホセ・ベルガミン』にしよう」とか「いや、やっぱり『茹で蟹、ホセ・ベルガミン』のほうがいいかな」と決めあぐね、そしてアガンベンの発表を読んだら「ホセ・ベルガミン」には何も加えられないような気がしてきた。しかし何かよき語はないかと求めていろいろ読むうちに、こうするしかない、というものがベルガミンの友人である哲学者マリア・サンブラーノの文章の中に見つかった。

サンブラーノは、ベルガミンが文芸誌『クルス・イ・ラヤ』の編集の手伝いを頼んだ頃からの友人で、ベルガミンがフランコ政権への叛逆者として二度、計三十年近くの流刑生活を送るあいだずっと文通を続けていた大事な存在である。サンブラーノはエッセイの中で、「作家」というのは、一冊の本の中に自身の経験を詰め込む「ある本の著者」とは別ものであるとして、ベルガミンの名を出してこう言う。

作家とは、ベルガミンのように、黙ることができない人のことです。どこにいても沈黙していられない人です。周囲が静まり返っていても、です。黙っていることは、生まれつきの作家――そして日々生まれなおしている作家とベルガミンなら言うかもしれません――にとって、もっとも危険なことなのです。

（『亡命生活を生きるために』一六九頁）

サンブラーノのこの文章のタイトルは「作家、ホセ・ベルガミン」であった。わたしもそれに倣うことにしよう。

それにしても、わたしのこの探検はいったいなんだったのだろう。『リンゴZ』で「評論家、詩人、劇作家」だったことを知ったはずなのに、調べるうちに、言えることは「作家」だけに減じてしまった。肉薄するつもりが後退してしまったような徒労感。結局のところ、笑ってしまうようなエピソードを重ねたジネヴラの文章が、もっともベルガミンに近かったのかもしれない。

付記

＊ベルガミンの研究大会でアガンベンは、バッハマン、ペソア、マンガネッリの作品や手紙などの文章を持ち出すのだが、この三人の作家の言葉は、『アウシュヴィッツの残りのもの』の第三章「恥ずかしさ、あるいは主体について」にほとんど同じ形で記述されている。研究大会の開催と『アウシュヴィッツの残りのもの』の原書の刊行はいずれも一九九八年であり、一本の幹になったふたつの果実のような関係にあるのだろう。

研究大会での発表の終盤でアガンベンは、一九八二年に、ベルガミンに会うためにサン・セバスティアンを訪れてアガンベンの最新刊『言葉と死』についてベルガミンと話し、その翌日にベルガミンから詩を三篇もらったというエピソードを明かす。そしてその詩を読み上げる。『書斎の自画像』にベルガミン関係の写真がたくさん掲載されているとわたしは本章の冒頭で書いたが、そのうちの一枚が、このベルガミンからもらった詩の一篇を写したものだった（『書斎の自画像』八〇頁）。下部に手書きでもじゃもじゃ描いてあるのは、鳥をモチーフにしたベルガミンのサインである。アガンベンがベルガミンと会ったのはこれが最後となった。

＊『書斎の自画像』では、ベルガミンがよく引いていた言葉として、〝Yo me sucedo a mi mismo〟というロペ・デ・ベガの作品の一節が紹介されている。「私が私の中に生起する」というような意味のこ

の言葉をベルガミンはたいそう気に入っていたようで、今回読んだベルガミンに関するさまざまな文献の中でも頻繁にとりあげられていた。本文中でこの一節について触れることはできなかったが、出典を突き止めたのでここに記しておく。ベガの死後に刊行された"La Vega del Parnaso（ベガ詩選集）"に収録されている"¡Si no vieran las mujeres!"という作品の第一幕、第一一場、羊飼いベラルドのセリフである。ベルガミンの研究や翻訳をしようという勇気ある人が現れることを期待して。

第八章　小説と詩の出会い

ここまでジネヴラとアガンベンの回顧録のあいだを往ったり来たりしながら、ふたりの共通の友人の姿を見てきた。ジョルジョ・マンガネッリ、インゲボルク・バッハマン、エルサ・モランテ、ホセ・ベルガミン。みな作家だった。しかもみな、言語を扱いながら言語に抗う作家たちだった。作家であれば言葉と格闘するものだ、というのは違う。むしろ、すでにある言葉の中で上手に泳ぎながら、テーマやストーリーで独自性を獲得しようとする人の方が多いだろう。しかしこの四人は困難な道を選んでしまった人たちだった。

ジネヴラとアガンベンから見ればだいぶ年上の人たちである。生年は、マンガネッリ一九二二年、バッハマン一九二六年、エルサ一九一二年、ベルガミン一八九五年で、もっとも歳が近いジネヴラとバッハマンにしても十三歳差、アガンベンとベルガミンに至っては半世紀ほども歳が離れている。ジネヴラとアガンベンのふたりが本を出版したり、国内外で講演をしたりするようになる前に出会った年長の友人たち。回顧録を読みながら、これら人物たちとの出会いがふたりに与えた影響の大きさを思い、胸が熱くなる。ところが読者のそんなロマンティックな気持ちを予期した上で裏切るつもりなのか、ふたりは、彼らとの出会いをつかみ損ねた、彼らと出会えなかった、と言うのである。

あの人たちとの出会いを生きた印象はなく、むしろ出会いをつかみ損ねてしまったという印象の方が強い。損ね方はそれぞれではあるが。いやむしろ、私なりの損ね方と言ったらいいかもしれない。〔中略〕出会いをつかみ損ねたという感覚は、たぶん時間と関係している。時間の経過とともにぼやけてすりへっていくことに。適切な問いを適切なときに発しなかったために聖杯を失った騎士ゴーヴァンを沈黙させた臆病さと見識)。それから自分自身でいるということとも関係がある（ゴーヴァンとも関わる。恐れないこととも。そしてその瞬間に深く呼吸し全神経を注ぐこととともに。

（『リンゴZ』一二二～一二三頁）

本当の意味で生前に彼らと出会うことができなかったとすれば、それはおそらくわたしに恐怖心があったからである。彼らがもっぱら無条件に言語の中に住んでいることへの恐怖心。〔中略〕二人とも、言語を通して地獄を見たのだ――そして当時のわたしは、まだその道を通って彼らを追うことはできなかった。

（『書斎の自画像』六七頁）

ジネヴラは彼らとの出会いをつかみ損ねてしまったような気がすると言い、それを、時間が経って会ったときの感じがぼやけてしまったこと、適切な問いかけをできなかったこと、恐れを感じて自分自身でいられなかったこと、集中できなかったことのせいにしている。ここで挙げられている騎士ゴーヴァンが誰なのか調べてみると中世の騎士道物語に登場する人物であることがわかった。ただどうもジネヴラは別の騎士と取り違えてここで彼の名前を挙げているようで、わたしが当たった『ペルスヴァルまたは聖杯の物語』では、聖杯や問いに関する出来事が身に降りかかったのは騎士ペルスヴァルであった。ペルスヴァルは、ある城主から喋りすぎてはならぬとの忠告を受け、別の城を訪れたときに、そこで美しい聖杯を目にしてそれが誰のものなのかと気になりつつも、忠告を守って問いかけを行わなかった。しかしその問いを発しなかったがために、翌朝、聖杯も城の者もすべて消えてしまうのである。騎士道物語にはたくさんのヴァリエーションがあるので、もしかしたらゴーヴァンにこのような出来事が降りかかる物語も存在するのかもしれない。それはさておき、騎士道物語を持ち出すのは大袈裟だなと思いつつ、たしかに、有名な著作がいくつもある年上の作家と接したらだいぶ緊張してうまく話せないだろうし、自分の愚かさを隠そうとして喋るのを控えてしまうだろうなと思う。いつもの自分らしくいるなんて無理にきまっている。マンガネッリとジネヴラはだいぶ親しかったような印象はあるけれど、それでもあの変なこだわりをけっして譲らない人とのあいだに気安い関係は築けなかったろうし、言いたいこともじゅうぶん言えなかったろう。そうしているうちに死んでしまった。もっと話したいこともあったのに。このような気持ちが積み重なり、やがて時間が経って、出会いをつかみ損ねた、という感覚につながっていったのだろうと思う。

一方のアガンベン。出会いについてジネヴラと同じようなことを言っているのがおもしろいと思って文章を並べたのだが、今よく読むと、中身は少し異なっている。「生前に彼らと出会うことができなかった」と言っているから、どうやら、没後には出会うことができた、と考えているようだ。しかも次の文章を読むと、奇妙なことにアガンベンはそれを、時間に正確な自分の性質のせいにしているようなのである。

わたしがマンガネッリ――のちに彼の著作から離れようとはけっして思わなくなるのだが――と面識をもったとき、彼の著作は『ヒラロトラゴエディア』と『虚偽としての文学』だけだった。でもわたしはいずれも読んでいなかった。インゲボルク・バッハマンについても――同じ頃にローマで会った――彼女の詩も、のちには翻訳しようとしたり、誦じたりしたが――何も知らなかった。何がわたしを引き止め、何が理解を遮ったのだろうか？　約束に遅れるということができないわたしみたいな人間に、こんなタイミングのずれが繰り返されるというのだから、これはむしろ病的なまでの時間厳守というものに違いない。心のどこかで、まるでまだ準備が整っていないとわかっていたかのようだ。たぶん彼らの作品と交わした約束の時間はそのときではなかったのだ――この異なるふたつの笑顔――一方は人をからかうような、もう一方は内気でなかなか満足しない――は、何らかの方法で約束の知らせを保管していた。（同書六六～六七頁）

時間に厳しい人は、みずからに遅刻を許さないのはもちろん、早く着くことも許さない。マンガネッリとバッハマンとの約束の時間は、彼らの生前には設定されておらず残念ながら没後になっていた。約束の時間を病的なまでに守ってしまう自分は、早めに到着して生前に出会うということができなかった、ということらしい。ちょっと変で、おもしろい。アガンベンが時間をきっちり守るタイプであるというのは印象どおりだし、時間厳守の性質を美徳というよりも欠点のように捉えている節があるのが、どうしても遅刻をしてしまうわたしには好ましい。

でも、なぜ約束の時間は生前に設定されていなかったのだろう。先に引用したところに「二人とも、言語を通して地獄を見たのだ――そして当時のわたしは、まだその道を通って彼らを追うことはできなかった」とあることからすると、どうも、当時は彼らの言語に対する厳しさについていくことができなかった、つまり言語に向き合うことへの覚悟が決まらなかった、と考えているようである。

ジネヴラは勇気のようなもの、アガンベンは覚悟のようなもの、それらが当時のふたりには足りなくて彼らに出会うことができなかった。ジネヴラは出会いをつかみ損ねたという印象を持つところでとどまるのに対し、アガンベンはその後彼らの知の道筋を辿ることで出会うことができた。

出会いについてのふたりの言葉を読みなおしながら、わたしは自分の大学生の頃を思い出した。とても怖い先生だった。授業でも緊張したし、研究室に入るのはもちろん、挨拶をするだけでも怖かった。でもすごく大事なことを教えてくれているような気はしていて、ノートを一生懸命とった。ほとんどわからなかったけれど。今あの授業に参加することができたら、もっとたくさんのことを理解できたんじゃないかな、先生ともっと会話できたんじゃないかな。もったいないことをした。けれどここでこうやって文章を書いていると、先生の授業風景が目に浮かぶときがある。具体的な言葉を思い出したりはしないけれど、こちらにむかって語る先生の姿が見える。出会えた、というほどの感じは覚えない。だけど、時を超えて何かがつながったような感覚は、ある。

二十代のアガンベンにも恩師と言える人物がいて、けれどアガンベンはその人とも出会えなかったそうだ。そのときに欠けていたのは覚悟でも勇気でもなく、別のものだった。

出会いがつくられるには、精神だけでは十分ではない。心もまた必要なのだ。そして、わたしの心は当時別のところにあって、優柔不断で不確かなままだった。心と精神の合体は——今でもはっきりと覚えているが——一九七六年の五月、突然に起きた。ハイデガーの訃報が届いたまさにその瞬間である。このとき、躊躇と優柔不断にきっぱりとけりをつけられたと感じ、わたしの新しい確信は二つの方法で表明された。書き上げたばかりの本（『スタンツェ』）の「マルティン・ハイデガーの思い出に」という献辞と、友人に五十部配布した『散文集』である。これは、詩的実践という名のもとでの一種の詩との別れであって、以降わたしはこの詩的実践、つまり哲学、「崇高な音楽」を、けっして捨てようとすることはなかった。（同書四三頁）

ここで「精神」とわたしが訳したのは「メンテ」というイタリア語で、知性や理性や頭脳とも訳される語である。六〇年代の半ばにハイデガーと直接会う機会を得た二十代のアガンベン。彼の精神はハイデガーと向き合う準備ができていた――つまり知的にはハイデガーに関心を持っていた――が、心が別のところにあって、そのために出会うことができなかった。しかしそのときから約十年後、ハイデガーの訃報に触れたその瞬間、頭と心が一体となり、ハイデガーつまり哲学に向き合うことを決意した。

ここにきてやっと、第二章で触れた、ふたりの文体の違いに話がつながりそうだ。わたしは、ふたりの回顧録の文章の書き方から、ジネヴラには小説への志向が、アガンベンには詩への志向があるような気がする、と書いたのだった。そのときのわたしは、アガンベンの著作はこの回顧録しか読んでいなくて、哲学者なのにだいぶ変わった文章を書く人だ、というくらいの軽い印象を持った上でそのように記していた。

続く文章を書くかたわらアガンベンのほかの著作を手に取り、アガンベンにとって詩が大事なものであるなんて、アガンベンを読んでいる人たちにはいまさらの話であることがわかってきた。思索を深める際に詩を引用することが多いのはもちろん、詩の分析も行っている。そして先の引用箇所の中にある、アガンベンが世間の注目を集めるきっかけとなった著書『スタンツェ』のプロローグで彼は、「(詩と哲学に)引き裂かれた言葉の統一の再発見こそがわれわれの文化にとって急を要する課題である」と書いているのだった。回顧録を読んだだけでアガンベンと詩の結びつきを発見したような気になっていたことが、今となってはだいぶ恥ずかしい。

まあでも、気を取りなおして考えてみれば、アガンベンをよく知らなかったわたしが彼の書いたものに詩を感じたということは、詩と哲学に引き裂かれた言葉が、まさにその文章の中で統一を見ていたということになるのかもしれない。でも、では具体的にその文章のどこにわたしは詩を見たのか。ジネヴラの文章との比較でアガンベンの文章に詩への志向を感じたはずなのだけれど、見た目は特に詩のようではない。たしかわたしは、ふたりの文章から感じられる時間の流れ方の違いが小説への志向と詩への志向に関係していると思っていたのだが。小説と詩の違いとは……、散文と詩の違いとはなんなのか……。思考を巡らせていたら、昔を思い出した。

小学三年生のときだった。「詩を書いてきましょう」という宿題が出された。「詩」ってなんなの？　それまで宿題で書いてきた日記や教科書で読んだ小説の文章と何が違うのかがわからなかった。子ども心に「詩の定義をしてくれなくちゃ書けない」と思った。でも当時のわたしはだいぶ恥ずかしがり屋だったので、先生に質問することができずにひとりで考え、出した答えは「短い文を並べれば詩になる」というものだった。そしてシャボン玉がとんだ、とんできえたというような、今思えばどこかで聞いたことのある短い文をいくつか書いて、そして提出した。宿題が詩集としてまとめられ、同級生が書いた「私は風になりたい」という言葉の繰り返される詩を読んで、ああそれは詩っぽいなぁ、わたしが書いたのは詩なのかなぁ、とそれがずっと小石のように頭の中に残っていた。

とはいえ、その後詩を勉強することはなかったし、詩を読むことすらほとんどしなかった。

どう読んだらいいのかわからないまま距離を置いてきた。読もうと思っても読み飛ばしてしまって頭に入ってこない。第二章で、アガンベンの回顧録に詩への志向を感じる、と書きながらも、実は、詩のことはぜんぜんわからなかったのだった。詩を読むことができないにもかかわらず、直感的に、アガンベンに詩への志向、ジネヴラに小説への志向があるような気がして、この文章を書き終えるまでにはその理由を探りたいと思っていた。すると、もたた書いているうちに、偶然にも詩を読めるようになったのだった。

春に父が亡くなった。なぜかそのとき、読み途中の小説を読みつづけることができなくなった。小説の物語の展開についていけないような、馬鹿らしくて読んでいられないような気持ちになって、読みかけのまま放置した。人が死ぬというのはこういう影響を与えるものなのか、と客観的に興味深く思った。しかしこの文章を書くのに小説を読む必要があったし、通勤電車で手持ち無沙汰だし、困ってしまった。

どうしたものかと困っているうちに二ヶ月ほどが経った。ある晩、以前表紙のかわいさから買っていた、けれどぱらぱらめくって読めないままにしまっておいた最果タヒの詩集『死んでしまう系のぼくらに』をふと開いてみたら、読めた。読めて涙が出てきた。おもしろいとか、わかるとかいうわけではなく、ただ読めて、心が揺さぶられた。この文章なら読めるみたい、詩なら読めるのか。この経験で詩の存在に少し敏感になったのか、職場の掲示板に貼られていた、マーサ・ナカムラという詩人の展覧会のチラシに目が留まった。ちょっとおもしろそう、と仕事帰りにジュンク堂池袋本店に寄って、彼女の詩集『狸の匣』を買ってみた。民話のような怪しい雰囲気の文章だった。こういうのも詩なんだ。それからひと月ほどのあいだ、夜寝る前に開いて、いくつかの作品を読んだ。夏になってインドカレーの料理本を買いにジュンク堂に行った。再び詩のコーナーに寄ってみた。茶色のざらざらした感じの表紙に、金色の三角と丸が刻印された小さな本に目が留まった。触れたくなった。右上に小さく「踊る自由」とあり、帯に大崎清夏という知らない名前があった。手に取って開いてみると、タイトルページの裏に、「彼らは、身体が何をなしうるか知らないのである――バルーフ・スピノザ」とある。スピノザの名をこんなところで目にするとは思っていなかったので驚いた。そしてページをめくり「触って」というタイトルの作品を読んでみた。

喋っているうちに　私は
どうしてもその人に触りたくなったのですが
それは法律で禁じられている行為だったので

かわりにその人を　じっと見ました

（『踊る自由』八頁）

「喋って」「なった」「だった」「じっと」というつまる音が気持ちいい。少し体が軽くなったみたいだった。買って帰り、家で一篇ずつ愉しんだ。ちょうどエルサ・モランテについて書いていたときだったので、エルサの詩も読んでみた。そしてこれまで詩を翻訳するなんて不可能だと思っていたけれど、翻訳も試みた。

こうして詩の愉しみを知るかたわらで、小説ものによっては読めるかもしれないと自宅の本棚を眺め、これならいけそうと手に取った著名な作家の短篇集は作品ひとつ読むのにも苦しくなって途中で諦めたり、昔はよくわからないと思った奇妙な小説を最後まで愉しく読んだり、イタリア語の小説を、耳で朗読CDを聴き、目で紙の本の文字を追いながら読んだりと、試行錯誤しているうちに、ほとんど小説も読めるようになっていた。この経験から、詩と小説と、きれいに分けることはできないけれど、でもたしかに詩と小説の文章は違う、と思った。でも何が違うのだろう。

詩と小説の違い、詩と散文の違いについては、いろんな人がいろんなことを書いているはず。たとえば川上弘美の書評集『大好きな本』。そういえば詩について何かあったな、と探してみたら、こんなことが書いてあった。

詩とは、いったい何だ？

いくつか詩を読んでも詩論を読んでもぜんぜんわからないので（わたしの体感にならないので）、しょっちゅう詩を書いて詩を体感している詩人に聞いてみた。昨日行った寄合のようなところで隣に座っていた四人の詩人に聞いた。

阿部日奈子さんは「詩の中では私はうまく想像力を発揮できるのです」と言った。

小池昌代さんは「散文と詩に私は区別をつけません」と言った。

高橋睦郎さんは「小説は詩になりうるが詩は小説ではありえない」と言った。

（あいうえお順。面識があるので「さん」をつけてもいい）

平出隆さんは「詩とは色々な形式の間にあるものです」と言った。

わたしはすっかり混乱して、気をうしないそうになった。

（『大好きな本』一一六～一一七頁）

わたしも気をうしないそうだ。アガンベン自身は詩と散文の違いをどう捉えているのだろう。手がかりが見つかりそうなタイトルの『散文のイデア』という本があって、読まなくては、と思っていた。アガンベンの著作はほとんど邦訳されているのに、一九八五年、四十年近くも前に刊行されたこの本はなぜか邦訳されておらず、やっぱりまた何か翻訳されない理由でもあるのかもしれない、と不安を覚えつつも原著を取り寄せた。

届くと、さほど厚くはない本でほっとした。「〜のイデア」というタイトルの短い文章が三十三収録されている。エピグラフはベルガミンの詩からの引用で、バッハマンの思い出に捧げられた章「言語活動のイデア」、エルサに捧げられた「最後の審判のイデア」、そして、ジネヴラに捧げられた「幸福のイデア」がある。アガンベンにとって、そしてもはやわたしにとって大事な人たちを思いながら書かれた本であることが一目瞭然、興奮しながら読みはじめた。が、ぜんぜん読めなかった。一見易しそうな文章なのに、ぜんぜん意味がわからない。困ったなぁと思っていると、なんとこの間にちょうど翻訳が出た。よろこんで邦訳を手に入れて読んでみた。が、日本語になってもやっぱり難しい。しかし関係がありそうなところを邦訳と原文を突き合わせつつなんとか目を通してみた。冒頭から二番目に「散文のイデア」と題された章がある。

いくら考えても考え足りない事実ではあるが、詩にはアンジャンブマンがありうる、ということをもって散文に対する詩の詩たる所以を確認するという定義以外には、どんな詩の定義も完璧に満足いくことはない。

（『散文のイデア』二六頁）

このように始まる。「散文のイデア」と言いながら、いきなり詩が何かという話から始まる。前章で引用した荒川洋治の『詩とことば』に「詩を思うことは、散文を思うことである。散文を思うときには、詩が思われなくてはならない。ぼくはそのように思いたい」とあったことを思い出す。まさにアガンベンがここで行っているのが、散文のイデアということで詩を思うことだった。

さてここでアガンベンが言うのは、アンジャンブマンが詩の核であるということだ。アンジャンブマンというのは、響きからするとフランス語の単語だろう。仏和辞典をひいてみると「句またぎ：詩句の行末で文意が完結せず、次行にまたがること」という説明がある……意味がよくわからない。『散文のイデア』の邦訳を確認すると、この部分は「句跨り（またがり）」と訳されている。句跨りって聞いたことがあるような……と今度は国語辞典を調べてみると、俳句や短歌の用語としての説明が見つかって、ああああれかと思い出した。ひとつの語が、ふたつの句にまたがることを意味し、辞典では、例として芭蕉の句が紹介されていた。

海暮れて鴨の声ほのかに白し

この句を五七五で区切ると、「海暮れて／鴨の声ほの／かに白し」となる。「ほのかに」というひとつの語が中の句と下の句にまたがっている。これを俳句や短歌の世界では句跨りという。ではフランス語の詩の場合にはどうなるのか、と今度はフランス詩法について調べてみると「句またぎ」という項目に次の説明があった。「ある詩句の内部で始まった文がその一行の枠内で完結せず、次行にまたがってその途中で終わってしまうとき、そこに句またぎ(enjambement)があるといい、次行に送られた文の構成要素の一部を送り語（ルジェ）(rejet)といいます」(『やさしいフランス詩法』一二九頁)。そして次の例文が添えられていた。

Le vent impéteux qui soufflait dans les voiles
L'enveloppe. Étonné, et loin des matelots, ...

(同書一二九頁)

一八世紀のフランスの詩人アンドレ・シェニエの詩の一節で、訳文が「帆布に吹きつけるはげしい風が彼女をおしつつむ。驚くばかりで、水夫は遠く……」と付けられている。ここでは、Le vent（風が）で始まる一文が一行におさまりきらず、L'enveloppe（おしつつむ）という部分が次の行にはみ出ている。このように、ひとつの文や語句が一行に収まらず、次の行の途中まで続いてその行の途中で終わることをフランス詩でアンジャンブマンと言うということがわかった。もちろん詩人が下手だからそうなってしまうのではない。音の効果などを計算に入れて、意図的にアンジャンブマンを行っているのだ。詩の韻律の話に入ると手に負えないのでここで乱暴にまとめると、音を重視するために、ひとつの文や語句を途中で改行するのがアンジャンブマンで、それが許されるのが詩であるということになろうか。内容やリズムではなくて、その形によってアガンベンが詩を定義していることが意外だった。

文法が異なり、また韻律が異なる西洋の詩と日本の詩を同じように考えてはいけないのかもしれないけれど、荒川洋治も詩について語るときに、まずは形について述べていたのでここで並べてみよう。荒川洋治は、詩の形のうちもっとも目立つものとして「行分け」を挙げている。たとえば「ああ動く。世の中が動く」という文章を詩の形にすれば次のようになると言う。

動く

世の中が
動く！

（『詩とことば』四頁）

紙の幅、つまり一行の文字数の制限が来るよりも前で文が区切られて次の行に移っている。こうすると白い部分が多い、いわゆる詩らしい形になる。なるほど、と手持ちの詩集を開いてみると、詩人によっては、白い部分のない、ふつうの文章のような、つまり一行の文字数の制限のところまで改行がない作品をたくさん書いている人もいる。じゃあこれは詩ではないのか、というとそうではない。アガンベンによれば、アンジャンブマンがない詩はゼロアンジャンブマンの詩であると捉えればよいそうなので、日本の詩で行分けがない場合は、ゼロ行分けの詩ととればよいのだろう。一見ややこしい話だけれど、難しいことではない。どこでも作者の思うところで改行をできるという前提で書くのが詩であって、結果改行しても改行しなくてもそれは問題ではない、ということであろう。一方、段落を変える場合以外には、紙幅の終わりよりも前で改行してはいけないという決まりがあるのが散文となる。なんとシンプルでわかりやすい定義か。

では「短い文を並べれば詩になる」という小学三年生のわたしの定義にそって書かれたも

のは詩だったのだろうか。その詩集自体がどこかにいってしまって記憶に頼るしかないのだけれど、わたしの定義に従えば「。」のつくところで改行されたはずで、となると、一文の途中で改行はされなかったはずだ。あの頃のわたしは、「。」が来る前に好きなところで行分けしてもいいとは思いもしなかったのだ。行分けでもゼロ行分けでもなく、つまり詩ではなかったのだろう。たった三年の教育で散文の決まりが染み付いてしまったのだろうか。少々怖いことだ。

ところでこの行分けにこそ、詩があまり読まれないことの理由があると荒川洋治は言う。なぜなら、「行分けには、作者のその人の呼吸の仕方がそのまま現れるからである。その人のもの、その人だけのものだから他の人はその呼吸に合わせることはできない。それが壁になる」（同書九頁）からである。

たしかにわたしがこれまで詩を敬遠してきたことの理由はここにありそうだ。一律の決まりがあるわけではないところで、行が変わる。その行の分け方は、人の呼吸の仕方と同じように、人によって違う。かつて詩に触れたときには、作者の呼吸に合わせられずに目だけが先に進んでいって、それで文章が体の中に入ってこなかったのかもしれない。

ではなぜ、一般的には読みづらいと言われる詩を、小説を読めなくなったというときにわたしは逆に読めるようになったのだろう。そしてアガンベンの回顧録は、アンジャンブマンや行分けが使われていたわけでもないのに、なぜそこに詩への志向を感じたのだろう。

　手がかりを求めて、もう一冊アガンベンの本を手にとった。一九七九年から一九八〇年にかけて、アガンベンはシエナの家に四人の学生を集めて勉強会を行った。その勉強会の記録をもとにして作られた『言葉と死』という本。言葉の発生する瞬間を、哲学と詩がそれぞれどのように捉えようとしているかを探るこの本の「七日目」で、詩の言葉の問題がとりあげられている。ここでアガンベンは、詩句を意味するヴェルソというイタリア語が、「振り向く」「戻ってこさせる」を意味するラテン語に由来すること、散文を意味するプローザは、それとは反対に「まっすぐ進むこと」を意味するラテン語に由来することに触れ、「韻律的-音楽的要素が、詩を記憶と繰り返しの場として示す」と述べる（『言葉と死』一八一頁）。

　ここだ、と思ってノートに書きつけた。この箇所が、アガンベンの文章における詩への志向を解く手がかりになると思ったのだった。でもここで言われる「記憶と繰り返しの場」という簡潔な表現の意味するところがわからない。これが鍵だと思うのに自分の言葉にならない……と頭を抱えていたのだが、ここまでの自分の文章を読みなおしたり書きなおしたりしているうちに、この凝縮した表現がどうやら自然とほどけてきたようだ。大崎清夏の詩を読んだときのことを思い出してみよう。わたしはあのとき、「喋って」「なった」「だった」「じっと」という促音の繰り返しに心をはずませたのだった。体に音を「記憶」しながら、その「繰り返し」を愉しみながら読んだのだった。これがアガンベンの言う「韻律的‐音楽的要素が、詩を記憶と繰り返しの場として示す」の意味するところではないだろうか。そしてこの詩の音楽的要素にはアンジャンブマンあるいは行分けが関係しているはずだ。韻律の規則に従った詩ではなくても、行分けをする自由を持つ詩人は散文を書く者よりも音をより強く意識するであろうし、そうして書かれた作品は、読む者により深く音を刻むからである。

　こうして記憶と繰り返しの場となった詩（ヴェルソ）は、後ろを振り向き、戻ってこさせるのだ。

　あの頃のわたしは、さみしくて、疲れていて、前を向きたくなかった。その場にとどまって、ずっと後ろを見ていたかった。だから散文で書かれた小説の、それが持つ前に進んでいく力についていけなかった。そして、後ろを振り返る詩の中で安らぎ、それを読む愉しみを知った……なんてふうにまとめると、きれい過ぎて嘘っぽいなぁ、と思う。そもそも小説＝散文ではないし、小説と詩をきれいにわけることもできないのだし。でもその嘘を利用して考えてみると、小説への志向を持つジネヴラは、前に進んでいく時間の流れが体に染みついているから、出会いをいったんつかみ損ねたらもはや手遅れ。悲しみの中で、時間を戻したい、リンゴとZのショートカットキーを人生にもきかせられたらどうだろうと想像する。一方詩への志向を持つアガンベンの文章では、時は繰り返し、前に進まないから、当時出会えなくてもどこかで出会える。だからその文章から悲しみは伝わってこない。人との出会いについてのふたりの捉え方の違いも、こんなふうに説明ができそうだ。

第二章でわたしは哲学者熊野純彦の次の文章を引用した。「詩のことばは瞬間をとどめ、現在を永遠なものとして語りだすことができるのである。哲学のことばはこれに対して、あくまで時間のなかで紡ぎだされるほかはない。〔中略〕哲学者は詩人であろうとして、しかし最終的には詩人そのものであることはできない」。今この引用箇所を読み返してみると、アガンベンの文章の性質とは違うように思う。アガンベンの文章は、瞬間をとどめるというよりも、自由に過去に立ち戻ることを許し、だからそこに前に進んでいく時間の流れが感じられない。一方で熊野純彦が例として挙げていたランボーの詩は確かに瞬間をとどめるように思われる。このように違いはあるものの、ともかく詩の中で時間は進んでいかない。詩をさほど読んだことのなかったわたしの中にも、人生で触れたいくつかの詩によってその特有の時間のあり方が刻まれていて、だからアガンベンの回顧録を読んだときに、それが詩の形をしていなくても、詩への志向を感じたのかもしれない。ジネヴラの文章との比較でそれはいっそう強く感じられた。

ふたりの文章から感じる志向の違いは、ほかにも人物の描き方、細部へのこだわり方の違いにも関係していると思う。そう、ふたりの文体はだいぶ異なっているのだ。こんなにも異なる文体を持つふたり、言い換えれば小説と詩ほどに異なるふたりが、長年パートナーとして過ごしてきた日々は――まあパートナーというのは往々にして性質を異にするものだろうけど――愉しかったろうし、たいへんだったろうと思う。過去の出来事の振り返り方ひとつとってもこんなに違うのだから、きっといろんなことでぶつかって、喧嘩しただろう。言葉を大事にする人たちであればなおのこと。

ジネヴラの回顧録には、アガンベンと思しき、名の明かされない文筆家が登場する章がある。回顧録の最後、エピローグの前に置かれた「風景」という章である。

木曜の昼下がり、彼の車が表に停まる。小道を上がってくるのが見える。あの人ならではのしっかりしながらもおぼつかない運転で、どこかにたどり着こうとしているのに、目的地はどこでもかまわないとでも思っているよう。柱廊に出て柱のあいだから表を覗いて待つ。やがて夕べのひとときが訪れ、それも過ぎる。書き終えたばかりの章のコピーを渡されていたので、部屋でじっくりと読む。私たちの部屋は家の反対の端にそれぞれ位置し、あいだにキッチンと、柱廊に沿った形の居間を挟んでいた。でも真夜中、最初の眠りから目覚めた二時ごろに私たちは起き上がり、部屋と部屋の真ん中で落ち合う。そしてそこで原稿について話し合う。褒め言葉を続けているあいだは彼が微笑んでいるのが闇の中でも伝わってきたけれど、批判を始めたとたん、闇が濃くなり、私は震えた。でも翌朝、彼は批判をすっかり吸収している。長い長い田園散歩の時間。〔中略〕腕を脇でぶらぶらさせる走法を教えてくれていたので、なんだか自分がまぬけだったけれど言うとおりにした。たいていのことは言うとおりにした。ただ、言葉に関することだけは違った。でもそのためにこそ、彼はここに通ってきたのだ。だから月曜の朝には発ってしまう。来たときと同じように嬉しそうに出ていく。残された私は柱廊の片隅にぼんやりと佇み、おもむろに中に戻る。次の木曜までの日々に押しつぶされそうになりながら。

（『リンゴZ』一〇九～一一〇頁）

名の明かされない文筆家は、週に数日ジネヴラの家で過ごす。ジネヴラは男の原稿を読み、批判したり褒めたりする。このあと男はその原稿を本として出版し、本は大評判となる。男は有名になって、イタリア中を回って本の紹介をしたり講演をしたりする。しかし男は境遇の変化にうまく順応できずに不機嫌になり、ふたりは口論を重ね、ついには別れてしまう。

流れていく時間が体に染み付いているジネヴラの文章では、やはりこのように別れがしっかりと描かれる。アガンベンとこうして別れたのか……とわたしはすっかりこの「男」をアガンベンと捉えて俗な好奇心を満たしつつ、しかしそれにとどまらないおもしろさをこの章に感じた。

ジネヴラは、男が自分のもとに通ってきた理由をこう説明する。「言葉に関することだけは違った。でもそのためにこそ、彼はここに通ってきたのだ」と。彼がジネヴラを求めたのは、言葉のためだった。そしてその言葉が自分のものとは異なっていたからこそ、彼はそれを求めた。ジネヴラは変な走り方でも言われればそのとおりにするのに、言葉についてだけは従順ではなかったのである。この日々は、異なった言葉を持つ者ふたりが言葉を交わし、世界を重ね、ずれや共感によって鍛えられたその世界を足がかりに、より広い世界に向かっていくまでの時間だったのだ。

ジネヴラは言う。「今私は、あれは幸せな時間だったと思う。なぜなら、存在の、風景の、歴史の真実に触れて過ごす時間は、少なくとも記憶の中ではいつも幸せだから。〔中略〕いったい今どこにいるんだか。どこか闇に包まれた場所、私が手を伸ばせば、彼の呼吸が感じられる」（同書一一一頁）。出会いをつかみ損ね、ショートカットキーで過去に戻ることを考えるジネヴラが、しかしここでは手を伸ばして今も彼の呼吸を感じている。小説と詩が、ここでは確かに出会えた。

文章を書くのは孤独な作業でありながら、つねに誰かと対話を続けているようでもある。原稿を読んでもらい意見をもらうというだけのことではない。書きながら思いついたことを口にしたり、メールしたりする。すると喜ばれたり、反発されたり、発展した新しい言葉をもらったりする。その言葉を受けてわたしはまた一歩進む。何気ない日常の会話に、あっ、と思う。ひとり机に向かうときも、心の中で対話する。けっきょくのところ人はひとりでは書きつづけていくことはできない。あの人に向かって書かなければ。マンガネッリは手紙を書くように論文を書くことを若き恋人に勧めた。バッハマンはツェランに向かって語り、そして聴衆に向かった。そしてジネヴラは……。そうやってあの人に語る言葉が、やがて別の誰かに届く。

付記

＊ところで、最後になっても、まだわからないことがひとつある。今に至るまで詩と深い関わりを持っているアガンベンが、ハイデガーの訃報に触れて、「詩的実践という名のもとでの一種の詩との別れ」を行った、というのはどういうことなのだろう。アガンベンの研究の重心が、芸術や文化を論じるものから、政治思想に関わるものに移行していったということはよく言われる。それを踏まえれば、今に至るまで詩への関心は失っていないけれど、そのアプローチがハイデガーの死の前後で変わったということなのだろうと思う。でも、アガンベンの思想の変遷を知らずにこの文章を読んだらどうだろう。素直に受け取れば、若きアガンベンは詩を書いていて、詩人になることを夢見ていた、けれどハイデガーの死を機にその夢をあきらめて、違う形で詩と付き合う決断をした、そう読めないだろうか。詩人になることを夢見ていたアガンベン……そんなアガンベンがかつて存在していたのだとしたら素敵だなと、彼が詩作を行っていた証を探してみたが、見つからなかった。ただ、七十代のアガンベンがコロナ禍に書いた、詩と思われる（上手とは言えない）文章は、イタリアの出版社クォドリベットのウェブサイトで公開され、邦訳が「愛が廃止された」というタイトル

で『私たちはどこにいるのか？』（高桑和巳訳、青土社、二〇二一年）に収録されている。Si è abolito l'amore, Quodlibet: https://www.quodlibet.it/giorgio-agamben-si-bolito-l-amore (last access on 2022.9.29). ともかく、わたしはアガンベンを哲学者、哲学者と呼んできたけれど、その呼び名はきっと適切ではないのだろう。わたしの今の思いをぴったり表現している詩を見つけた。

皆は、あなたのことを哲学者だという。
私は、あなたにはばかみたいに一途なところがあるだけだと思う。

（大崎清夏『指差すことができない』一四頁）

あとがき

ジネヴラ・ボンピアーニの『リンゴZ』を翻訳したいと思い立ち、翻訳の企画書を作って月曜社にメールを送ったのは、二〇二〇年七月のことでした。長くイタリア語を勉強してきましたが、文学にまつわる文章を書いたり、翻訳したりするのは、それまで自分とはまったく縁のないことと思っていました。どこかの才能ある人たちだけに許された行いであり、読書感想文すら母親に書いてもらっていたわたしには夢見ることすら許されないものだ、と。しかし文学の受け手としての日々を送るうち、気づかぬうちに自分の中に言葉がずんずん溜まっていたようです。『リンゴZ』を翻訳したい、という形でそれは溢れ出し、アガンベンの本を刊行している出版社に企画書を送りつけるという暴挙に出ました。

奇跡のようですが、すぐにお返事があって、まずは『リンゴZ』を紹介する文章を書いてみてはどうかとのご提案をいただきました。自分で文章を書くなんて、と怖気づきました。しかし翻訳のために乗り越えなくてはならない道、と腹を括りました。

今思えば、書くことに対するあこがれはずっとあったのです。だから須賀敦子さんがナタリア・ギンズブルクの翻訳を経て自分の文章を書くことになったように、わたしも翻訳から始めて経験を積めば、いつか自分の文章を書けるようになるかもしれない、と期待するところはどこかにあったような気がします。しかし順序が逆。それからは苦しい日々でした。と同時に想定外に楽しい日々でもありました。考えてもみなかったことが、自分の文章の中に現れることへの驚き。『リンゴＺ』を一通り翻訳してみたときには気づかなかったことが、たくさん見えてきましたし、ジネヴラ・ボンピアーニのこともよくわかるようになったと思います。

たとえばです。『リンゴＺ』と『書斎の自画像』を比べると、『リンゴＺ』はだいぶ薄い本です。しかもすでに発表した文章を集めて作った本です。ジネヴラはこれで満足なのだろうか、あの人だったら、アガンベンくらいボリュームのある本格的な回顧録を書きたいだろうに、もっと自分のことを語りたいだろうに、と不審に思っていました。すると二〇二二年二月、三百ページ以上もあるぶ厚い回顧録が出たのです（Ginevra Bompiani, *La penultima illusione*, Milano, Feltrinelli, 2022.）。『最後から二番目の幻想』というタイトルのその本を読んでみると、アガンベンとの出会い、結婚、離婚、父の死、乳がんの手術、出版社ノッテテンポの立ち上げ、ソマリアの女の子の里親となってからの日々の苦労など、おそらくジネヴラが語りたくてしかたなかった人生のエピソードがぎゅうっと詰め込まれています。『リンゴZ』ではほのめかしにとどまっていたことがこちらではっきり書かれています。やっぱりね、とわたしは悦に入りました。ジネヴラの思考回路をつかんだような気持ちになったのです。翻訳をする上では著者のことを深く知ることが肝心のはず。翻訳から執筆という道だけではなく、執筆から翻訳という道もたしかにあるのかもしれない……そんなことを今は思っています。

一方のアガンベンについては、回顧録と、前期の著作を中心に読み進めました。その言葉から見えてきた文学青年ジョルジョの姿は魅力的で、魅力に振り回されながら、その断片だけでも捉えようともがきました。

本書の一章から三章は、二〇二一年刊行の『多様体』誌第四号（月曜社）に掲載していただきました。読んだ友人から「マンガネッリっておもしろい人だね」と言われたとき、ぞくっとしました。イタリア文学を読んだことのない彼女の口からまさか「マンガネッリ」の名を聞くとは。こういうことがもっとあればいいのに、と思いました。たくさんの人が、イタリアの、ヨーロッパの、世界の、まだ知られていないいろんな作家の名を口にし、新刊の翻訳を楽しみにし、詩の一節を口ずさむようになれば、と。わたしのこの小さな本が、そんな自由な世界につながる扉……とは言わずとも、小さな窓にでもなればと願います。文学がわたしを自由へ道連れしてくれたように。

アガンベンの著作をはじめ、わたしの尊敬する方々の本を刊行している月曜社から自分の文章を世に送り出していただけることは望外の喜びです。小さな言葉を拾って形にしてくださった月曜社の小林浩さんに感謝いたします。

参考文献

本書で参考にした文献をまとめました。凡例で示したとおり、外国語の文献については、本文では日本語に翻訳したタイトルのみを記載しているため、参考文献に記した外国語文献が本文中のどの資料にあたるかわかるように、外国語の書誌のあとに（　）で本文中に記した翻訳タイトルを記載しています。

全編にわたって以下を参照しました。

Bompiani, Ginevra, *Mela zeta*, Roma, nottetempo, 2016.（ジネヴラ・ボンピアーニ『リンゴZ』未訳）
Agamben, Giorgio, *Autoritratto nello studio*, Milano, nottetempo, 2017.〔ジョルジョ・アガンベン『書斎の自画像』岡田温司訳、月曜社、二〇一九年〕

以下は章ごとに参照した資料です。複数の章で参照した資料は重複して記しました。

第一章

関口英子ほか編『どこか、安心できる場所で』国書刊行会、二〇一九年。

第二章

ヴェルコール『沈黙のたたかい』森乾訳、新評論、一九九二年。

熊野純彦『メルロ＝ポンティ』ＮＨＫ出版、二〇〇五年。

Lahiri, Jhumpa(ed.), *Racconti italiani scelti e introdotti da Jhumpa Lahiri*, Milano, Guanda, 2019.

第三章

竹山博英編『現代イタリア幻想短篇集』国書刊行会、一九八四年。

Bricchi, Mariarosa, *Manganelli e la menzogna*, Novara, Interlinea, 2002.

Calvino, Italo, *Lettere 1940-1985*, Milano, A. Mondadori, 2000.

Lahiri, Jhumpa(ed.), *Racconti italiani scelti e introdotti da Jhumpa Lahiri*, Milano, Guanda, 2019.（ジュンパ・ラヒリ編『二〇世紀イタリア短篇アンソロジー』未訳）

Manganelli, Giorgio, *Hilarotragoedia*, Milano, Adelphi, 1987.（ジョルジョ・マンガネッリ『ヒラロトラゴエディア』未訳）

Manganelli, Giorgio, *Nuovo commento*, Milano, Adelphi, 2009.（ジョルジョ・マンガネッリ『新注釈』未訳）

Manganelli, Giorgio e Papetti, Viola, *Lettere senza risposta*, Roma, nottetempo, 2015.（ジョルジョ・マンガネッリ／ヴィオラ・パペッティ『返事のない手紙』未訳）

第四章

相原勝『ツェランの詩を読みほどく』みすず書房、二〇一四年。

瀬戸内寂聴『夏の終り』新潮文庫、一九六六年。

パウル・ツェラン『パウル・ツェラン全詩集（Ⅲ） 改訂新版』中村朝子訳、青土社、二〇一二年。

インゲボルク・バッハマン『インゲボルク・バッハマン全詩集』中村朝子訳、青土社、二〇一一年。

インゲボルク・バッハマン『三十歳』松永美穂訳、岩波文庫、二〇一六年。

インゲボルク・バッハマン『マリーナ』神品芳夫／神品友子訳、晶文社、一九七三年。

インゲボルク・バッハマン／パウル・ツェラン『バッハマン／ツェラン往復書簡』中村朝子訳、青土社、二〇一一年。

Agamben, Giorgio, *Quel che resta di Auschwitz*, Torino, Bollati Boringhieri, 1998.〔ジョルジョ・アガンベン『アウシュヴィッツの残りのもの　新装版』上村忠男／廣石正和訳、月曜社、二〇二二年〕

Bachmann, Ingeborg, *Letteratura come utopia*, Milano, Adelphi, 2011.（インゲボルク・バッハマン『ユートピアとしての文学』未訳）

第五章

川上弘美『神様』中公文庫、二〇〇一年。

川上弘美『此処　彼処』新潮文庫、二〇〇九年。

松浦寿輝「身体と言葉が共振する」、『ユリイカ』二〇〇三年一二月臨時増刊号（総特集＝ロラン・バルト）所収、青土社、二〇〇三年。

瀬戸内寂聴『場所』新潮文庫、二〇〇四年。

ロラン・バルト『新＝批評的エッセー　新装版』花輪光訳、みすず書房、一九九九年。

アンドレイ・プラトーノフ『チェヴェングール』工藤順／石井優貴訳、作品社、二〇二二年。

村上春樹『１９７３年のピンボール』講談社文庫、一九八三年。

村上春樹『ノルウェイの森（上・下）』講談社文庫、二〇〇四年。

Bachmann, Ingeborg, *Letteratura come utopia*, Milano, Adelphi, 2011.（インゲボルク・バッハマン『ユートピアとしての文学』未訳）

Lahiri, Jhumpa, *Dove mi trovo*, Milano, Guanda, 2018.〔ジュンパ・ラヒリ『わたしのいるところ』中嶋浩郎訳、新潮社、二〇一九年〕

第六章

上野修『スピノザの世界』講談社現代新書、二〇〇五年。
スピノザ『エチカ（下）』畠中尚志訳、岩波文庫、一九五一年。
Agamben, Giorgio, *Categorie italiane*, Macerata, Quodlibet, 2021.〔ジョルジョ・アガンベン『イタリア的カテゴリー』岡田温司監訳、みすず書房、二〇一〇年〕
Ceccatty, René de, *Elsa Morante*, Vicenza, Neri Pozza, 2020.
Morante, Elsa, *Alibi*, Torino, Einaudi, 2012.（エルサ・モランテ『アリバイ』未訳）

Morante, Elsa, *Aracoeli*, Torino, Einaudi, 2015.（エルサ・モランテ『アラチェリ』未訳）
Morante, Elsa, *Il mondo salvato dai ragazzini*, Torino, Einaudi, 2020.（エルサ・モランテ『子どもたちによって救われる世界』未訳）
Morante, Elsa, *Pro o contro la bomba atomica e altri scritti*, Milano, Adelphi, 2013.（エルサ・モランテ『原爆に賛成か反対か』未訳）
Morante, Elsa, *Lo scialle andaluso*, Torino, Einaudi, 2015.〔エルサ・モランテ『アンダルシアの肩かけ』北代美和子訳、河出書房新社、二〇〇九年〕
Morante, Elsa, *La storia*, Torino, Einaudi, 2014.（エルサ・モランテ『歴史』未訳）
Zagra, Giuliana, *La tela favolosa*, Roma, Carocci, 2019.

第七章

荒川洋治『詩とことば』岩波現代文庫、二〇一二年。
クラウス・ガルヴィッツ『桂冠の詩人ピカソ』中山公男訳、集英社、一九七二年。
Agamben, Giorgio, *Quel che resta di Auschwitz*, Torino, Bollati Boringhieri, 1998.〔ジョルジョ・アガンベン『アウシュヴィッツの残りのもの　新装版』上村忠男／廣石正和訳、月曜社、二〇二二年〕
Ambrosi, Paola(ed.), *José Bergamín tra Avanguardia e Barocco*, Pisa, ETS, 2002.（パオラ・アンブロージ『前衛とバロックのはざまのホセ・ベルガミン』未訳）
Bergamín, José, *Decadenza dell'analfabetismo*, Milano, Rusconi, 1972.（ホセ・ベルガミン『文盲の衰退』未

訳）
Bergamín, José, *La bellezza e le tenebre*, Milano, Medusa, 2005.（ホセ・ベルガミン『美と闇』未訳）
Bergamín, José, *Frontiere infernali della poesia*, Milano, Medusa, 2001.（ホセ・ベルガミン『詩という地獄への入り口』未訳）
Bergamín, José, *Mia cara amica María*, Bergamo, Moretti & Vitali, 2009.（ホセ・ベルガミン『親愛なるマリア』未訳）
Dennis, Nigel, *José Bergamín*, Toronto; Buffalo; London, University of Toronto Press, 1986.（ナイジェル・デニス『ホセ・ベルガミン』未訳）
Zambrano, María, *Per abitare l'esilio*, Firenze, Le lettere, 2006.（マリア・サンブラーノ『亡命生活を生きるために』未訳）

第八章

ジョルジョ・アガンベン『私たちはどこにいるのか？』高桑和巳訳、青土社、二〇二一年。

荒川洋治『詩とことば』岩波現代文庫、二〇一二年。

大崎清夏『踊る自由』左右社、二〇二一年。

大崎清夏『指差すことができない』青土社、二〇一四年。

川上弘美『大好きな本』文春文庫、二〇一〇年。

熊野純彦『メルロ＝ポンティ』ＮＨＫ出版、二〇〇五年。

最果タヒ『死んでしまう系のぼくらに』リトルモア、二〇一四年。
杉山正樹『やさしいフランス詩法』白水社、一九八一年。
クレチアン・ド・トロワ『ペルスヴァルまたは聖杯の物語』天沢退二郎訳、新倉俊一ほか編『フランス中世文学集2』所収、白水社、一九九一年。
マーサ・ナカムラ『狸の匣』思潮社、二〇一七年。
Agamben, Giorgio *Idea della prosa*, Macerata, Quodlibet , 2002.〔ジョルジョ・アガンベン『散文のイデア』高桑和巳訳、月曜社、二〇二二年〕
Agamben, Giorgio *Il linguaggio e la morte*, Torino, Einaudi , 2008.〔ジョルジョ・アガンベン『言葉と死』上村忠男訳、筑摩書房、二〇〇九年〕
Agamben, Giorgio *Stanze*, Torino, Einaudi , 1993.〔ジョルジョ・アガンベン『スタンツェ』岡田温司訳、ちくま学芸文庫、二〇〇八年〕

渡辺由利子
（わたなべ・ゆりこ）
1982年生まれ。図書館勤務。イタリア文学研究。

ふたりの世界の重なるところ
ジネヴラとジョルジョと友人たち
渡辺由利子

2023 年 11 月 25 日　第 1 刷発行

発行者 小林浩
発行所 有限会社月曜社
〒182-0006 東京都調布市西つつじヶ丘 4-47-3
電話 03-3935-0515 FAX 042-481-2561

造本設計 安藤剛史
印刷製本 株式会社シナノパブリッシングプレス

ISBN978-4-86503-177-5
Printed in Japan